新 潮 文 庫

ハリネズミは月を見上げる

あさのあつこ著

新 潮 社 版

11746

目次

ハリネズミは月を見上げる

一　蜘《く》蛛《も》糸《いと》のような雲

菊池さんは変わっている。

少なくとも、わたしが今まで知らなかった、まったく知らなかった種類の人だ。

まず名前が変わっている。

菊池って〝きくち〟ではなく〝きくいけ〟と読むのだそうだ。

菊池さん。菊池比呂さん。きくいけ　ひろと音だけ拾うと、性別がはっきりしない。でも、響きは美しい。強くて澄んだ響きだ。ただ、変わっているのは名前の読み方だけじゃない。そんなものはどうでもいいことだ。

菊池さんは変わっている。

わたしが今までまったく知らなかった種類の人、未知の人だ。大げさでなく、そう感じている。

人の種類って確実にあると思う。人種って意味じゃない。肌や眼の色とか信じる宗教や生まれた国とかではなくて、まったく別のもので人は分類できると、思うのだ。

別のものって？　と問われたら上手《うま》く説明できない。それでなくてもわたしは、説明が苦手だ。相手に理解してもらえる言葉を選ぶのが下手なのかもしれない。物の形状なんかは、何とかしゃべれても（たどたどしくはあるが）、形のないもの、目に見えないもの、触れられないもの、心とか感情とか想《おも》いとかを、他人に届くように上手く伝えられない。

わたしがしゃべると、たいていの人は戸惑ったような、困ったような、人によっては怒ったような表情になる。

わたしは長いこと、その表情の意味に気付かずにいた。どうしようもない鈍さだ。迂闊《うかつ》でもある。

五年前、小学校六年になったばかりの春の終わり、わたしはやっと自分の鈍さと拙《つたな》さと迂闊さと他人の顔に浮かぶものの正体に気付いた。いや、気付かされた。

理科室の隅にしゃがんでいた。

動けなかったのだ。

六時限目の理科の実験のさい、フラスコを床に落として粉々にしてしまった。教師から、放課後に一人できれいに後始末するようにいいつけられた。そのいいつけに従って、せっせと床を掃除していたのだ。濡《ぬ》れ雑巾《ぞうきん》で何度こすっても、小さな破片が出てきて、もこもこした綿埃《わたぼこり》も出てきて、後始末は一向に捗《はかど》らなかった。小さな破片の一つはわたしの中指の先を傷つけ、血を滲《にじ》ませたりした。

それでも、何とかあらかた終わったころ、数人の足音と笑い声と話し声が理科室の中に流れ込んできた。

「あった、あった、よかった」

声の一つが弾む。

堀畑《ほりはた》さんのものだとすぐにわかった。堀畑さんは、ものすごく歌がうまくて、四年生のときから校内の合唱コンクールでは必ずソロパートを受け持っていた。わたしも歌うのは好きだけれど、堀畑さんのように低音から高音へと、歌声を伸びやかに繋《つな》げるのは無理だ。

「ほら、やっぱりここに忘れてたじゃない」

これは高坂《こうさか》さんだ。市内の体操教室に通っていて、驚くほど身が軽く、クラスの誰よりも高く跳躍できた。わたしにとっては壁にちかい十段以上の跳び箱を軽々と越えてしまう。

「よかったあ。このハンカチ、お気に入りだったんだ」

「お気に入り、忘れちゃ駄目でしょ」

「はいはい、申し訳ないっす」

堀畑さんのおどけた物言いに、笑いが広がる。わたしは、実験台の後ろ、部屋の隅で身を固くしていた。堀畑さんたちは明るくて、賑《にぎ》やかで、楽しい。数人で仲良しグループを作ってはいるけれど、排他的でも意地悪でもなかった。それでもやはり、目立つ人たちばかりの集まりは、どことなく近寄り難い。堀畑さんとは四年生のときからずっと同じクラスだけれど、言葉を交わしたのは数えるほどだった。

「ねえ、希美《のぞみ》」

と、高坂さんが堀畑さんの名を呼んだ。

「そのハンカチ、もしかして……」

「え？　なによ」

「いやあ、もしかして基茅《もとかや》のプレゼントかなあって」

「は？　やだ、清香《さやか》ったらなに言ってんのよ」

「だって、ハンカチがないないって、めっちゃ慌《あわ》ててたんだもの。カレシからのプレゼント？　って思うじゃん」

「勝手に思わないでよ。それに、基茅はカレシなんかじゃないから」

「またまた。告《こく》られてＯＫしたくせに。今、青春真っ最中なんだよねえ。隠したって無駄だぞ。こちらは全《すべ》てお見通しだ。素直に白状しろ」

「え〜、やだ。なにそれ。ほんと、止《や》めてよ」

笑声《しょうせい》がさらに広がった。堀畑さんと高坂さんの他に、もう二、三人いるみたいだ。

しゃがんだまま、わたしはほとんど途方に暮れていた。出ていく機会を完全に逸してしまった。このタイミングで立ち上がる勇気も、「ばあ」なんておどけ顔をしてみせる才覚もわたしは持ち合わせていなくて、ただひたすら身を縮ませているしかなかった。

堀畑さんたちはまだ、しゃべっている。声音は低くなったけれど、楽し気な雰囲気は変わらない。理科室の空気はひんやりとして、足先が徐々に冷えていく。尿意さえもよおして、わたしは泣きそうになっていた。

「えー、そうなの。佐戸《さど》さんが」

唐突にわたしの名前が聞こえた。

「そうそう、基茅のこと好きだったらしいよ」

「え〜、そりゃないでしょ」

「ないって、なにが」

「だって、佐戸さんって、恋する女ってイメージまるっきりないじゃん。どっちかってーと、フカンショウっぽいよ」

「フカンショウって？」

「だからさ、不感症。ときめきとか感じないってキャラじゃない」

「そりゃあ言い過ぎでしょ」

「でもさ、佐戸さんって正直、しゃべりがもたもたし過ぎてうざいよね。何言ってんのか、わかんないもの」

「それそれ、『うーんと、えっと、あの、あの、あのね……』ってしゃべりでしょ。マジ、いらっときちゃうよね」

　誰かが、わたしの口調をまねた。拍手と笑いが壁や天井にぶつかり、弾む。

「ともかく、佐戸さんに限って恋はない、恋は。希美のライバルにはなんないから心配しなくていいんじゃないの」

「だから、誰も心配なんかしてないって」

「おっ、基芽のハートはがっちり摑《つか》んでる自信ありってか」

「もう、清香、怒るよ」

近づいて来たときと同様に、足音と笑い声は絡《から》まり合い縺《もつ》れ合って遠ざかっていった。

わたしは床にお尻《しり》を落として、大きく息を吐いた。

基茅くんとは家が近くで同じ幼稚園、小学校に通っていた。母親同士も仲が良くて、一緒に遊ぶことも多々あった。恋と呼べるのかどうか、そもそも恋がどんなものなのか、よくわからない。わからないけど、基茅くんは他の人とは違うと感じていた。ごつごつしていない。物言いも眼差《まなざ》しも柔らかくて滑らかで、傍にいると心地よかった。安心できた。

基茅くん、堀畑さんに告白したんだ……。

胸を押さえる。

内側がしんと寒かった。

基茅くんのせいばかりじゃない。わたしは気が付いてしまった。

わたしがとても不器用で不細工で、そのつもりがなくとも他人を苛《いら》つかせてしまうことを。わたしがしゃべると相手の顔に浮かぶ表情の正体に、気が付いてしまったのだ。

気付くことは、こんなに寒い。

わたしは雑巾をしまい、理科室を出てトイレに入った。尿を全部出したらすっきりするかと思ったのに、かえって気分が悪くなる。空嘔《からえ》吐《ず》きに襲われて、涙が滲んだ。

菊池さんと初めてちゃんと話をしたのは、今年の夏の初めだった。この年、桜は咲くのも散るのも遅くて、例年ならとっくに散り終わっているはずの四月半ばになっても、まだ満開にもならない木があるほどだった。異変とか異常とかの言葉が飛び交って、天変地異の前触れではと不安げに語る人もいた。

それでも桜は桜で、散り始めると瞬《また》く間だった。風が吹くたびに豪快に花びらを落とし、やがて、風が無くともひとりはらはらと散っていった。そして、一気に葉桜に変わる。そのころになると、天変地異の危《き》惧《ぐ》も異常気象への憂《うれ》いも口の端《は》に上るのは稀《まれ》になり、わたしの住む小さな地方都市はいつもどおりの初夏を迎えようとしていた。

わたしは公立高校の二年生になっていた。

姓は佐戸から御《み》蔵《くら》に変わった。両親が離婚したのだ。

「ほんとは鈴美《すずみ》が高校を卒業するまで頑張りたかったんだけど、もう限界だったの。ごめんね」

母はわたしに謝った。

謝られて、わたしは目を伏せる。見当はずれの謝罪を受けているようで、いたたまれない気分になる。そして、わたしのために無理して頑張って維持していた関係なら、壊れてよかったとも考える。

頑張らなくてよかったんだよ、母さん。

父と母の仲がもう修復できないほど傷《いた》んでいると、とっくに察していた。その原因、修復不可能な傷の最初の罅割《ひびわ》れがどこで起こったのか、何がそれを広げたのかまでは推察できない。二人が言い争っている場面を目にしたことはないし、日常生活の破綻《はたん》を感じたこともない。

ただ、もともと寡黙《かもく》だった父がさらに寡黙になり、母のため息の回数が徐々に増えてはいた。

「ちゃんと説明できないの。でも、息苦しいっていうか……、ほんとに窒息しそうだったのよ」

母は誠実に、でも、とても曖昧《あいまい》に離婚の原因を語った。

ちゃんと説明できないの。

母も想いを適当な言葉に落とし込めない人なのだ。おそらく父も。

自分の内にあるものをちょっとしたプレゼントだとか、台詞《せりふ》だとか、行動だとかに置き換える能力がないのだろう。

県庁所在地である隣市の大学で父は教員、母は事務員として働いていたが、離婚を機に父はその職を辞した。そして、去っていった。わたしと母は、この街に留まった。母は大学での仕事を続けている。既にローンを払い終わった小さな住宅の中で、わたしと母は父の不在にゆっくりと慣れていった。わたしは御蔵鈴美という名前に慣れていった。

桜が散って若葉になり、日差しの熱が増してくる。空は晴れ上がり、住宅街のフェンスにはあちこちで布団《ふとん》が干されていた。

気持ちの良い朝だ。

あんな目に遭うとは想像もできなかった。

その朝、わたしはいつもより一本遅い電車に乗り込んだ。寝坊してしまったのだ。地方都市とはいえ、朝のラッシュは相当なもので、五両編成の電車はどの車両もぎゅうぎゅう詰めの状態になる。それは、ちょっと怖《お》じるほどの光景だが、怖じている余裕はない。これに乗り遅れたら、確実に遅刻する。高校までは四駅めで降りて、さらに十五分以上歩かねばならなかった。しかも、かなりの勾配《こうばい》の上り坂になっている。

わたしは焦《あせ》り、カバンを抱えたまま乗客の間に身体《からだ》を滑り込ませた。何とか乗り込めてほっと息を吐く。これで遅刻は免れた。人熱《ひといきれ》と身体にかかる圧は辛《つら》いけれど、安《あん》堵《ど》感《かん》の方が強い。

わたしはドアの近くに立ち、外の風景を見るともなく見ていた。

二駅目を過ぎた直後だった。

お尻の辺りを指が這《は》う。制服のスカートをまさぐるように、ゆっくりと動いていく。

身体が強張《こわば》る。激しい動悸《どうき》がして、汗が滲んだ。

痴漢だ、どうしよう。

逃れようとしたけれど身体を動かすスペースはない。歯を食いしばる。指はしだいに大胆になり、スカートをたくし上げようとさえする。舌なめずりの音が聞こえるようだ。

わたしはこぶしを固く握りしめた。

駄目だ。ここで負けちゃ駄目だ。

「我慢してると目を付けられるよ」

クラスメイトの八杉《やすぎ》さんが教えてくれた。ほんの数日前の話だ。たしか、お昼休みだった。お弁当を食べ終えて、とりとめのないおしゃべりの最中にひょっこり、痴漢の話題になったのだ。

わたしも十二歳のころより、幾分だけれど器用になっていた。生きていく要領みたいなものを自分なりに呑《の》み込んできたのだ。話を合わせるコツも、頷《うなず》くタイミングも、様々な笑い方もそれなりに手に入れた。なにより懸命に想いを伝えようなんて努力しない方がいいのだと学んでいた。〝控え目でおっとりして、ちょっと天然入ってる女の子、御蔵鈴美〟がわたしのキャラだ。それを逸脱しなければ、お弁当を一緒に食べる仲間を失うことはない。

わたしはもう、理科室の隅で縮こまっていた小学生ではない。何もできず他人の話に傷ついてしまう少女ではないのだ。

「やりやすいって思われちゃうの。一度マークされると、しょっちゅう狙《ねら》われちゃう。三組に野田《のだ》さんているじゃない。下の名前、知らないけど、ぽっちゃり系の子」

八杉さんがちらりとわたしたちを見回した。

「ああ、紗美《さみ》ね。中学、一緒だよ」

応《こた》えたのは、金井《かない》さんだ。

「紗美がどうかした？」

「この前ひどい痴漢にあったらしいよ。前からときどきやられてたんだって。でも、何にも言えずにいたら、その痴漢男チョーシにのっちゃって、三回目で……」

　ここで八杉さんは口を窄《すぼ》め、眉《まゆ》を顰《ひそ》めた。言いにくさに話が止まったというより、一区切り入れて注目させる効果を狙ったのだろう。

「え、なになに」

　金井さんが身を乗り出す。八杉さんの声がすうっと低くなる。

「パンツの中まで指入れてきたって」

　小さな悲鳴が起こった。わたしも思わず身を竦《すく》めていた。演技ではなく、自然に反応したのだ。

　気味が悪い。

目眩《めまい》を覚えるほどの嫌悪《けんお》感《かん》に襲われる。

「やだ。あそこを触られちゃったの」

三木《みき》さんが、上ずった声を出した。金井さんと同じ中学校の出身だから、野田さんという人とも顔見知りのはずだ。

「ありえない、やだやだ」

「ありえないっしょ。でも、マジな話。野田さん、それでやっと叫んだんだって。

『ぎゃあっ』とか、すごいやつ。一度叫んだら、止まんなくなっちゃって『助けて、助けて』って叫び続けたらしいよ」

「痴漢男、どうした？　逃げた？　捕まった？」

金井さんはさらに前屈《まえかが》みになる。

「次の駅で電車から飛び出して逃げちゃったんだって。でも、それっきり痴漢はなくなったって」

「えー、でもそれ最悪。紗美も、もうちょい早く何とかすればよかったのに」

三木さんの顔に嫌悪の表情が現れる。それが、痴漢の犯人に向けられたものなのか、野田さんに対してのものなのか判断できない。

八杉さんが頷く。

「だよね。最初のときに、大声出してたら相手もびびったのにさ。でなくても、びっちり黒パン穿《は》くとか、電車、変えるとかさ。いろいろできたと思うけど」

「あの子、昔からぼーっとしてるからさ」

「あたし、野田さんから直《じか》にこの話、聞いたんだよねえ。ほら、部活、一緒だから」

「ああ、テニス部ね。って、ええ、やだ、紗美自分で痴漢話なんかしたの。あたし、そんなのマジ無理」

「したよ。しゃらっと話してくれた。野田さんって意外にこんにゃくメンタルだよね」

そこで、また八杉さんは口を窄めた。そして、指を一本立てた。

「ともかくね、痴漢に遭ったら黙ってちゃ駄目。大声上げるのが一番だよ。みんな覚えてて」

立てた指をわたしたちに向ける。

「はい、先生。わたしたちはお教えを忘れません」

三木さんが、胸の前で手を合わせる。

わたしたちは笑った。

わたしは笑いながら考える。

野田さんがしゃらっと話をしたのは、精神的な強さ——鈍さと同義語になるような——故《ゆえ》だろうか。それとも、あんなことは何でもないと無理やり自分に言い聞かすためだろうか。

みんなと笑い合いながら、その笑いが喉《のど》に閊《つか》える。それを何とか飲み下すと、胸骨がぎりっと痛んだ。

指が横に動く。わたしのお尻の丸みを確かめているみたいだ。柑橘《かんきつ》系のコロンの匂《にお》いが鼻《び》腔《こう》を刺激する。

我慢してたら目を付けられる。

黙ってちゃ駄目。

八杉さんの一言一言が耳の奥に響いてきた。唇を嚙《か》みしめる。できる限り激しく、身じろぎする。そして、声を上げる。

「止めてください」

腕を回し、指を払う。男と目が合った。その目に一瞬、怯《おび》えが走ったと思う。反撃を予想していなかったのだろうか。

「触らないで！」

わたしが叫ぶと同時に、電車が駅に着いた。

ドアが開く。

「おいっ」

怒声とともに腕を摑まれ、引きずり降ろされた。

「こらっ、人を痴漢呼ばわりしやがって。どういうつもりだ」

プラットフォームの真ん中あたりで、男が喚《わめ》く。わたしを怒鳴りつけているのだ。

わたしは目を見張ったまま、男を見詰めていた。

何歳だろう？　三十代後半から四十代の初め……いや、もう少し上だろうか。よく、わからない。がっしりした体形で、薄茶色のピンストライプのワイシャツと同色のスーツをきちんと身に着けている。柑橘系のコロンが香った。

「え、おい、何とか言え。どうするんだよ」

眦《まなじり》を吊《つ》り上げ、男が怒鳴る。わたしは、萎縮《いしゅく》した舌を何とか動かして、答えた。

「でも……あの、確かに触って……」

「はぁ？」

男が目を細める。ごく普通のサラリーマンに見えた顔に、ひどく凶暴な色が浮かんだ。

足が震える。心臓がばくばくと音を立てる。

「おれが触ったって？　ふざけんじゃねえ。なんだ、ねえちゃん、おれに言いがかりをつけるつもりか」

「え……そ、そんな。でも、確かに触られたんです」

「そんなことは知らねえよ。おれには関係ない」

「で、でも……」

「おれはたまたまあんたの後ろにいただけだろうが。それとも。おれが触ったって証拠でもあるのか。え？　どうなんだ」

男が詰め寄ってくる。わたしは、一歩、退いた。

証拠なんてない。けれど、この男に間違いなかった。振り返り確かめたのだ。なのに堂々と反論できない。怖い。ひたすら怖い。

男はわたしの腕を摑んだままだった。抜こうとしたけれど、びくともしない。

「あんた、吉川《よしかわ》高校の生徒だな」

紺のブレザーに臙脂《えんじ》のリボン、薄青色のチェックのスカート。わたしの制服をちらりと見て、男はなぜか薄く笑った。

「何だったら学校に訴えてやろうか。証拠もないのに犯罪者扱いして、騒ぎ立てたって。こりゃあ完全に冤罪《えんざい》だからな、覚悟しとけよ。え？　自分のやったことわかってんのかよ」

男が凄《すご》む。

冤罪？　訴える？　覚悟？

頭がくらくらした。吐き気もした。

誰かに縋《すが》りたくて周りを見回したけれど、遠巻きに見ている人たちはわたしの視線を避けて、ついっと横を向いてしまう。

「おまえたちみたいな頭が空っぽのガキなんて、相手にするかよ。そうやってぎゃあぎゃあ騒ぎ立てて、無実の人間を陥《おとしい》れるんだろうが。それで一生を滅茶苦茶《めちゃくちゃ》にされたやつが何人もいるんだ」

男がまくし立てる。

わたしは思い出した。

痴漢の犯人として逮捕された青年の無罪が一年半ぶりに確定したというニュースを。

青年は地方公務員で被害に遭ったのは女子高校生だった。青年が片手で吊革を、もう一方の手でデイパックの紐《ひも》を摑んでいたことが証明されたのだが、その一年半の間に青年は職を失っていた。「冤罪という言葉が重く伸し掛かってきます。無罪が確定したとはいえ、この事件で○○さんが奪われたものは想像に余りあるのです」レポーターがそう締めくくったニュース番組をわたしは見るともなく見ていた。あのとき、ぼんやりと通り過ぎていったレポーターの台詞がよみがえる。

冤罪という言葉が重く伸し掛かってきます――。

「黙ってちゃ、わからんだろうが。ともかく、謝れ。ちゃんと謝るんだったら、許してやってもいいぞ」

男の指に力がこもる。痛い。謝れば放してもらえるだろうかと、わたしは考えた。「ごめんなさい」の一言で、この痛みや拘束や恐怖から、冤罪なんて恐ろしいものから逃れられるのなら、それなら、それなら謝るなんて容易《たやす》いのでは……。

「あたし、見ましたけど」

背後で声がした。女の人の声だった。

振り返る。

紺のブレザーに臙脂のリボン、薄青色のチェックのスカート。わたしと同じ制服の少女が立っていた。

背が高い。一五七センチちょっとのわたしより、かなり高い。運動部に所属しているのだろうか、耳が見えるぐらいのショートだ。わたしも含めて、髪を肩のあたりまで伸ばしている子は多い。女生徒の半分、いや七割近くがロングヘアだ。長い髪に毎朝、せっせとブラシをかけ艶《つや》を出す。父親似の癖毛で、きれいなストレートヘアにならない髪をわたしはブラッシングの度に情けなく感じていた。

ショートヘアって、こんなにすっきりと美しいものだったんだ。

少女の顎《あご》の尖《とが》った小さな顔が目に焼き付いてくる。印象的というような柔らかなものではなく、どんとぶつかってくる強さがあった。

「あたし、見ました。証拠の写真も撮りましたけど」

少女は右手に持ったスマホをこちらに向けた。カシャッと軽快な音がした。

「証拠だと」

男が少女を睨《にら》みつける。唾《つば》を呑み込んだのか喉仏が上下した。

「ええ、写しました。ちょっとわかりにくいけど、画像解析？　そういうのしたら、はっきりするんじゃないですか」

少女がひょいと顎をしゃくった。ぞんざいな仕草なのに、妙に堂々として見える。

「あなたの手がその子を触ってた証拠に十分、なると思います。ワイシャツの袖口《そでぐち》が写ってるもの」

カシャ。

もう一度、スマホのシャッター音が響く。

「おい、やめろ。写すな」

男の指が緩んだ。腕を引くとあっさり自由になる。

ほっと息を吐き出したとき、視界の隅に駆けてくる駅員の姿が現れた。やっと、騒ぎに気付いてくれたのだ。

男が身を翻《ひるがえ》す。勢いよく階段を駆け下りて、姿を消した。身を翻す直前に何か叫んだみたいだが、聞き取れなかった。

もう一度、息を吐く。

「どうしました」

駅員がわたしの顔を覗《のぞ》き込んできた。

わたしは、できるだけ詳しく状況を伝えようとした。でも、やはり、もたもたとしかしゃべれない。

助けてくれないかな。

代わりに説明してくれないだろうか。わたしは、ショートカットの少女を目で捜した。その人はわたしに背を向けて、プラットフォームに立っていた。

拒絶を感じた。

自分は関わらないと告げている背中だと感じた。

「どうしますかねえ」

どうにか話し終えたわたしを見下ろして、駅員は眉を寄せた。

「警察を呼びますか」

「警察？」

「ええ、痴漢は立派な犯罪行為ですからねえ」

「立派な」と「犯罪行為」という言葉がそぐわなくて、わたしは違和感を覚える。

「どうします？　ただ、立証はなかなか難しいかもしれません。こういうのは現行犯じゃなくちゃ、なかなかに……ねえ」

駅員の眉間《みけん》の皺《しわ》が深くなる。厄介だなと呟《つぶや》くような顔つきだ。警察云々《うんぬん》より、わたしはその表情に気圧《けお》されていた。

「……いいです」

「いい？　いいってのは、被害届を出さないってことですか」

「はい……」

「そうですか。わかりました。そうだねえ。やっぱり、こういうのは現行犯でないとねえ」

駅員が二度、三度頷いた。眉間の皺は消えている。

「駅側としても、今後、こういうことが起こらないように万全を期します。ご安心ください」

駅員が言い終わらないうちに、先ほどの少女が身体をこちらに向けた。大きな目で中年の駅員を見やる。

「どうやったら安心できるんですか」

横合いから不意に問われて、駅員が「えっ」と声を漏らした。

「万全を期すって、どういうことですか。明日から何かが変わるんですか。痴漢防止のために具体的にどんな方法をとるんですか」

「え……いや、それはその……今、ここでどうのとは言えなくて、わたし個人の裁量ではどうにも……」

「痴漢の問題は今日だけじゃありません。もうずっと前から問題になってます。うちの高校の生徒だけでも被害に遭った子はかなりいます」

「わかってますよ」

駅員の眉がまた顰められた。

「駅としても、いろいろ考えてはいるんです。けどねえ、あんたたち生徒さんもちょっとね……スカートの丈とか少し考えてくれないと。満員電車に乗るんだから、あんまり短いのはどうかと思うよ」

「話をすり替えないでください」

少女の声音に力が加わる。

「スカートの丈がどうでも、駅としては痴漢対策をしっかりしなきゃいけないんじゃないんですか。でないと、また被害者が出ますよ」

「わかってます。わかってます。ちゃんとやりますから」

駅員は眉を顰めたまま、急ぎ足で去っていった。

「あの……」

わたしは少女に一歩、近づいた。

助けてもらった。この人がいなかったら、どうなっていただろう。

「あの、ありがとうございました」

少女がちらりとわたしを見る。

唇が動いた。

「電車が到着いたしまーす。白線の内側までおさがりください」

アナウンスに続いて緑色の車体の電車が滑り込んでくる。その音に搔《か》き消されて、何も聞こえなくなる。

さいてい。

唇はそう動いたように見えた。

最低、と。

わたしは一瞬、棒立ちになる。それでも乗り込もうとする人々に押され、車内に入る。さっきの電車より幾分、空《す》いていた。

少女は吊革を握り、まっすぐに窓の外を見ていた。ぼんやりと気の抜けた視線ではなく、見るものを見るのだという意志がこもっている。口を固く結んだ横顔を見て、わたしはやっと思い当たった。

この人は、わたしのためにわざわざ電車を降りてくれたのだ。

電車内を見回す。

少し空いていると感じたのは、うちの学校の制服姿がぐんと減ったからだ。それはそうだろう。この時間帯にここにいたのでは一時限目開始にはとうてい間に合わない。遅刻は確実なのだ。

わたしは仕方ない。当事者なのだから。でも、この人は関係なかった。知らぬふりをしてそのままあの電車に乗っていてもよかったはずだ。実際、この人を除いた大半の人がそうした。見て見ぬふりをしてわたしの傍らを通り過ぎた人も大勢いた。

わたしだったら、どうしただろう。

ふっと考える。

当事者でなく傍観者だったら、あの男ともあの騒ぎとも直接関わりのない立場にいたらどうしただろうか。

わたしだったら……。

たぶん、おそらく、いや、きっと目を伏せただろう。目を伏せて、そのまま動かずにいただろう。自分のひ弱さにほんの短い間、心を痛めただけで、直《すぐ》に忘れてわたしの日常に戻っただろう。

この人はそうはしなかった。

自分の意思で電車を降り、わたしに手を差し出してくれた。

お礼を言わなくちゃ。やっぱり、ちゃんと感謝を伝えなくちゃならない。

「待って」

学校の最寄り駅の改札口の手前で、わたしは少女を呼び止めた。

「あの、ほんとにありがとう。助かりました」

頭を下げる。気持ちの分だけ重くなるのか、自然と深く下がる。

「邪魔になるよ」

冷めた声で告げられた。

「え？」

「こんなとこでもたもたしてたら、邪魔になるでしょ」

「あ……」

確かにそうだ。改札に急ぐ人たちの流れを邪魔している。辺りを見回し、視線を戻したとき、少女はすでに改札口を出ていた。慌てて追いかける。

「あの、待って、待ってください」

駅から緩やかに続き、しばらく行くと不意に勾配のきつくなる坂道を、わたしは少女の横に並び歩いた。

「あの、ちゃんとお礼を言わなくちゃいけなくて」

「最低だよ、あんなの」

少女は前を向いたまま、吐き捨てるように言った。

「あんな男、許せない」

わたしは視線を上げ、少女の横顔に向けた。

許せない。

そうか、この人は憤《いきどお》っているのだ。とても怒っている。

「でも、あの、ほんとにありがとう。証拠写真まで撮ってくれて」

「あれは、はったり」

「え？」

「写真なんか撮ってない。あんなぎゅうぎゅうの中で無理に決まってるじゃない」

言われてみれば、その通りだ。すぐ横にいたのならまだしも、離れた場所から腕先を写すなんて不可能に近い。

「けど、当てずっぽうで言ったわけじゃない。あたし、自分の眼ではっきり見たから。あの男がうっすら笑いながら触ってたの、ほんの少しの間だけど見たから。それに、あたしのはったりをあの男、本気にした。驚くんじゃなくて本気にした。そして、逃げ出したんだ。犯人だからだよ」

罪の意識があの男を熱《いき》り立たせたわけか。

この人の勇気と機転に救われたのだと、改めて思う。

「あなたも最低。許せない」

一瞬、息が詰まった。何を言われたか、とっさに理解できない。足が止まる。

少女は止まらない。そのまま、坂を上っていく。

「あなたも最低。許せない」の一言が、自分に向けられたものだと理解するのに数秒要った。

怒りは男だけでなく、わたしにも向けられていた。

尖った感情は苦手だ。鋭利な刃物に似て突き刺さってくる。それを浴びないように、うまく回避できるように、今まで細心の注意を払ってきた。

さっきの男の怒りは怖くて震えたけれど、唐突ではなかった。でも、この人から怒りをぶつけられるとは考えてもいなかった。「最低」の一句は、あの男にだけ投げつけられたものだとばかり思っていた。

遠ざかるブレザーの背中に向かって走る。

追いつかなくちゃと炙《あぶ》られるように感じた。

いつものわたしなら、その場に立ち竦んでいたはずだ。怒りという感情を突き付けられて竦んだまま動けなかったはずだ。

身を竦ませていれば、黙っていれば、目を閉じていれば、たいていのものは通り過ぎてくれる。激しい怒りも、侮蔑《ぶべつ》も、怒声も叱咤《しった》もいつかは凪《な》いで消えてしまう。

小動物が巣穴に身を潜ませて、天敵や嵐《あらし》をやり過ごすように、わたしはいつもじっと固まっていた。でも……。

今は足が前に出る。追い掛けようと、追いつこうと忙《せわ》しく動く。わたしは息を切らしながら、再び少女の横に並んだ。

「どうして」

喉にからまった掠《かす》れ声が出た。

「どうして、あたしが最低なの」

唾を呑み込み、重ねて問う。

「許せないなんて、どうして」

少女は立ち止まり、暫《しばら》くの間、わたしを見詰めた。

怯《ひる》む。わたしの心が怖じけ、縮こまる。それほど強く、鋭く、揺るぎのない眼差しだった。唇がゆっくり動く。透明なリップを塗っているらしい、艶やかにピンク色をしていた。

「あなた、誤魔化そうとしたよね」

「誤魔化す？」

「自分が悪くないってわかってるのに、謝ろうとしてたじゃない」

喉の奥でぐぐっとくぐもった音がした。それが、自分の息を吸った音だと、とっさに理解できなかった。

「謝っちゃえば楽だから、あの男に謝ろうとしたでしょ」

その通りだ。押し寄せる怒鳴り声や脅し文句が怖くて逃げようとした。謝って終わりにしたかった。その方が楽だからだ。喚く男と対峙《たいじ》するより、ずっと楽だからだ。

「自分が悪いと思ってないのに謝るなんて、最低」

少女がくいっと顎を上げる。挑む者の姿勢だった。

「あのとき、あなたが謝っていたら、あいつ、また、同じことをしたよ。痴漢がばれても居直って、怒鳴りまくって、平気な顔で同じことを繰り返してた。そういうこと、考えなかったの。考えもしないで謝ろうとしたわけ」

容赦《ようしゃ》ない言葉が降りかかってくる。わたしにぶつかり、突き刺さる。わたしの誤魔化しを許せないと言った言葉は波動となり、わたしをたじろがせる。

後悔が押し寄せてきた。喉の奥、さっきくぐもった変てこな音がしたあたりから、苦い汁がせりあがってくる。唾と一緒になって、さらに苦みを増す。苦い、苦い。舌先が痺《しび》れるほどだ。

そっとしておけばよかった。

苦みに比例して、後悔の念が膨れてくる。この人を追い掛けたりしないで、遠ざかるに任せておけばよかったんだ。どうして、そうしなかったのだろう。どうして、追い掛けたのだろう。

わたしはこぶしを握った。爪《つめ》が手のひらに食い込むほど力を込めて、握り込んだ。

ぷるぷるとそのこぶしが震えた。

「……考えなかった。そんな余裕、なかった」

少女と同じように顎を上げる。きつい視線を受け止める。

「怖かったもの。怒鳴られて怖かったんだもの。謝って、手を放してもらえるんだったら、それでいいと思った」

「弱虫」

少女が唇を嚙みしめた。顎の線がさらに張り詰める。

「それでいいわけないでしょ。そんなんだから、舐《な》められるんじゃない。何をしてもいいって思われちゃうんだ」

「じゃあ、どうすればよかったのよ」

叫んでいた。心臓が胸いっぱいに膨れ上がったみたいだ。鼓動が鼓膜を突き上げて、頭《ず》蓋《がい》の中をこだまする。

どっくん、どっくん。

どっくん、どっくん。

「痴漢に止めてって言うだけで精一杯だったの。そのうえに、怒鳴りまくってる男相手になにかするなんて無理。あたしは、あたしはあなたみたいに強くないんだから」

叫びながら気が付いた。

わたしは叫んでいるんだと。

他人に、しかも名前も知らない相手に叫んでいる。胸の内にあるものを吐き出している。それは、忘れかけていた感覚だった。遥《はる》か昔に置き忘れてきた感情だった。

どっくん、どっくん。

どっくん、どっくん。

興奮して鼓動が速くなる。それも久々だ。恐怖でも羞恥《しゅうち》でもなく高揚して胸が鳴っている。ほんと、久しぶりだ。

なぜ、こんなことができるんだろうか。見も知らぬ相手にどうして、こんなにも揺さぶられて、想《おも》いをぶつけているんだろうか。

「強い弱いじゃないよ」

少女が言った。声音は低く、穏やかになったけれど、眼差しは変わらない。張り詰めたままだ。

「強くても弱くても、謝っちゃいけないときは謝るべきじゃないんだ。でないと、負けちゃうじゃない」

「負ける？　誰に？」

唐突に少女の表情が変化した。怒りを含んで煌《きら》めいていた眸《ひとみ》が陰る。口元がひくりと動いて、顎の線が緩んだ。途方に暮れた人のような、心細くてたまらない子どもみたいな顔つきがふっと滲んだのだ。

少女が身を翻す。

坂を駆けあがっていく。

今度は追い掛けられなかった。足が竦んだわけではない。追ってはいけない気がしたのだ。

緩やかな曲がり角の向こうにショートカットの後姿が見えなくなる。坂の一方は崖《がけ》になり緑色のフェンスが取り付けてあった。もう一方にはずっと竹林が続いている。こちらにもフェンスがあるが、古くて傾きかけている場所もあった。

風が竹をなぶっていく。ざわざわと竹がざわめく。わたしは空を見上げた。絡《から》まった蜘蛛《くも》の糸にも似た薄雲が頭上にあった。ゆっくりと流れていく雲だ。

深く息を吸い、吐き出す。

坂にはもう誰の姿もなかった。

これが、菊池さんとの最初の出会いだった。

二　微《かす》かな風音と香り

今度、あの人と会うのはいつだろう。

少女の後姿が坂の向こうに消えても、わたしは彼女のことを考えていた。

あれこれ、何のまとまりもなく考えてしまう。考えて結論が出るわけもないとわかっていながら、ついつい考えてしまうのだ。

昔からの癖だった。

悪癖《あくへき》かもしれない。

「鈴ちゃんは想像力があるんやねえ。いろんなことを考えられるのって、ほんにええことや」

両親が離婚するずっとずっと前、ほんの二カ月程度だが一緒に暮らした父方の祖母が言った。まだ小学校の低学年だったわたしの頭を撫《な》でながら、だ。

西の地方のはんなりとした物言いは耳にも心にも優しくて、恍惚《こうこつ》というには大げさだけれど、ちょっと良い心持になれた。

祖母はちょうど今ぐらいの時季、夏が始まろうとするころに自分の家に帰り、わたしが中学二年の冬に亡《な》くなった。

あのとき、祖母がなぜわたしたちの家に同居していたのか、そしてなぜ二カ月後に去っていったのか、わたしには未《いま》だによくわからない。一度だけ、母に尋ねた覚えがある。祖母の初七日が終って、父と母と三人で我が家に戻ってきた夜のことだ。

「お祖母《ばあ》ちゃん、昔、うちにいたことあったよね。二階の東側の部屋にいたでしょ」

と、尋ねたのだ。ええそうよと、母は頷いた。それから、脱いだばかりの黒いタイツをくるくると丸めた。

「でも、すぐに……二カ月くらいで帰っちゃったよね」

「ええ」

「どうして？」

黒いバッグから中身を取り出すと、母はバッグと丸めたタイツを、同等に大切なものであるかのように胸に抱えた。

「腰を痛めて、それが治ったからよ」

あっさりと答え、あまりにあっさりし過ぎていると思ったのか、やや急《せ》いた口調で付け加えた。

「お祖母ちゃんね、玄関先で転んで腰を痛めちゃったの。骨がどうのこうのじゃなかったけど、一人暮らしさせとくのは心配だったから、こっちに呼んだのよ」

そういえば祖母からは湿布の匂いが、いつもしていた。

「お祖父《じい》ちゃんが亡くなってからもお祖母ちゃんは元気で、地域の読み聞かせボランティアとか趣味の会とかにもどんどん参加してね。ほら、お祖母ちゃんパッチワークとか上手だったでしょ。けど、腰が痛くて歩くのも、座るのも大変ってことになっちゃうと、ボランティアとか趣味どころじゃなくなって、ともかく、養生しようって話になったの。お祖母ちゃん、ほんとうはあっちの家を離れたくなかったけど、身体のことだからしょうがないわよねえ」

さっきの淡白さを補うかのように、母はしゃべった。一生懸命な感じだ。亡くなった祖母のことをできる限りちゃんと伝えなくてはいけないと気付き、勢いこんで話をしている。そんな風にさえ見えた。

母にはこういう一面がある。

思い込んだら一途《いちず》に、ひたむきになってしまうのだ。適当とか要領よく掻《か》い摘《つま》んでとができない。そして、話がどんどん取り留めなくなってしまう。母が話せば話すほど、話していることの輪郭は曖昧《あいまい》になり、核心が崩れていくのだ。

こういうところが、わたしと母は似ている。とても、似ている。

「けど、こっちに来てから、お祖母ちゃんみるみるよくなって……ええ、お医者さまが驚くぐらい回復してね。そしたら、お祖母ちゃんとしては馴染《なじ》みのない場所で暮らすのが辛《つら》くなったみたいで。わかるよね、そういうの。鈴美だって、転校とか引っ越しとかって嫌でしょ。環境ががらっと変わっちゃうのって」

「うん、まあ……」

どうだろうかと、わたしは自問していた。

がらっと変わる環境に怯みもするが、憧《あこが》れもする。環境と一緒に、わたしのどこかががらっと変わるのだとしたら、転校も引っ越しも悪くはない。

「それにね、ともかくすごかったの。お祖母ちゃんの知り合いからの帰ってこいコール。毎日のように、お祖母ちゃんの携帯に連絡があったみたいよ。『祭りまでには帰ってこい』とか『みんなで花見をしよう』とかいろいろとね」

「人気者だったんだ」

「え？」

「お祖母ちゃん、人気者だったんだ」

「あ……ああ、そうね。仲のいいお仲間がたくさんいたみたいね。だから、余計に帰りたかったんでしょ。もちろん、わたしも働いてるし、迷惑かけちゃいけないって、お祖母ちゃんなりに気を遣ったのかもしれないけど。そんなことは一言も言わなかったわね。『悪いけど、帰らせてもらいますよ』って、さっさと荷物をまとめて帰っちゃったの」

祖母の享年《きょうねん》は八十一だった。ものすごい長命ではないが短命とも言えない。葬儀には祖母と同じ老齢の男女が集って、泣いたり、思い出話をしたり、遺族であるわたしたちを慰めてくれたりした。

いい雰囲気だった。

祖母は昔馴染み、古くからの顔見知りに囲まれ、何十年も生きてきた土地で亡くなった。

「幸せな最期《さいご》だったよね」

母はそう言って、ほうっと音が聞こえるほど大きく息を吐いた。

「羨《うらや》ましいわ」

吐息の後にそう呟いたみたいだったが、よく聞き取れなかった。

そのとき、父が母を呼んだ。珍しく不機嫌な声音だった。

おい、おいと二階から呼んでいる。母は「はぁい」と返事をした。しただけで、二階に行こうとはしなかった。

「おい、おれのカーディガン、どこにあるんだ」

父の声はさらに不機嫌に尖る。

わたしは、はらはらした。父は感情的な人間ではない。むしろ、学者らしい物静かな性質だった。その父が苛立《いらだ》っているという事実に、胸が騒いだのだ。

ねえ、お母さん。お父さんが呼んでるよ。動かない母を促そうとしたとき、不意に母の表情が変わった。酸《す》っぱい果物を口に含んだみたいに唇を尖らせる。

「お父さんね、怒ってるのよ」

わたしの耳元に囁《ささや》く。母からはうっすらと、線香と化粧の匂いが漂ってきた。

「怒ってるって、どうして？」

「わたしが、お祖母ちゃんをちゃんと看取《みと》らなかったから。お父さんね、お祖母ちゃんが帰っちゃったのは、この家の居心地が悪かったからって思ってるのよ。わたしが居づらくさせたんじゃないかって」

「そんな……」

「うん、お父さんだってわかってるのよ。お祖母ちゃんが自分の意思で帰ったの。でもね、ほら、結局お祖母ちゃんの面倒をみてくれたの、保子《やすこ》さんだったでしょ」

母が声を潜める。リビングにはわたしと母しかいないのに、人目を避けるように顔を横に向けた。

保子さんというのは、父の弟、信良《のぶよし》叔父のお嫁さんだ。父と叔父は三つ違いの兄弟だが、保子叔母は叔父より三つ年上なので、父と同い年になる。叔父は東京の証券会社に勤めていたが、身体《からだ》を壊したのをきっかけに、田舎に帰り、祖母の家の近くで暮らし始めたのだ。その家で、一人、投資アドバイザーの仕事をやっているそうだ。仕事の内容は、わたしにはさっぱり理解できない。叔父に言わせると、「知識と経験とパソコンがあれば、自宅でできる商売」なんだとか。父は時々、酔うと「信良は昔から、山っ気があったんだ。母さんに変な投資なんか勧めなきゃいいが。母さんは昔から、あいつには甘くて、何でも言うことをきいてたからな」と心配とも愚痴ともつかない独り言を呟いていた。酔いが深い時は、呟いた後にわたしをちらっと見て、「まあ、子より孫が百倍可愛《かわい》いって言うからな。はは、鈴美の勝ちってわけだ」なんて笑ったりする。叔父夫婦に子どもはいなかったから、祖母の孫はわたし一人きりだった。酔いのせいなのか、笑い方のせいなのか、父の顔は赤らんだ上に歪《ゆが》んで、醜く目に映った。

わたしは、父の酔った笑顔が嫌いだった。

「お通夜《つや》でも、お葬式でも親戚《しんせき》の人たちがみんな、保子さんを褒めるわけ。よく看病した。よく尽くした。よく頑張ったってね。大伯父さんなんか『次男の嫁なのに、よくやった。よくやった』って手放しで褒めてて……それって、裏を返せば、わたしへの非難にも聞こえるじゃない。おまえは何もしなかったなって。そりゃあ、確かに保子さんはよくやってくれたと思うの。保子さんのおかげで、わたしも安心できたし、お祖母ちゃんのこと任せっぱなしだったのは事実だし……文句も言えないんだけど」

「だって、お母さんは仕事があって……」

母は首を振った。子どもがいやいやをする仕草に似ていた。

「保子さんだって仕事をしてた。わたしと同じ事務職。まあ、パートだったらしいけどね。だから、辞めるのも未練なかったのかもしれないわね」

母が口元を押さえる。眼に狼狽《ろうばい》の色が走った。保子叔母を貶《おとし》めた気がしたのだろう。母は他人の悪意に脆《もろ》い。些《さ》細《さい》なことで傷つく。その分、自分が特定の個人に悪意、とまではいかなくても、冷ややかな、意地の悪い感情を向けることにとても敏感だ。

「……ともかく、保子さんが献身的に、晩年のお祖母ちゃんの世話、してくれたのは本当だものね。それに比べてって誹《そし》られても、何にも言えないのよ。わたしは非難も甘んじて受けなきゃって覚悟してたけど、お父さんにすれば、腹立たしかったんじゃないの。介護はできなかったけど、代わりに毎月、そこそこの送金はしてたのにね。そんなこと、周りはちっとも知らないし、信良さんも一言もみんなに言ってくれないし。親孝行な次男夫婦と親不孝の長男夫婦みたいな構図ができあがっちゃって……。あぁ、これから一周忌だ三回忌だって法要の度に、肩身の狭い思いしなきゃなんないのかしら。で、その度にお父さんの機嫌が悪くなるのよねえ」

母の眼差《まなざ》しが暗く、重くなる。一年後、二年後の憂鬱《ゆううつ》を今から嘆いてもしょうがないと、割り切れないのも母の性格だった。

「だったら、お父さんが介護すればよかったのに」

ほろっと言葉が零《こぼ》れた。

別に他意はなかった。

祖母は父の母親だったのだから、母を責めるのは筋違いの気がした。単純に、そう感じた。それだけのことだ。

「ほんとにね、そう思うわ」

母がため息を吐《つ》く。

「けど、まだまだ、親の介護は女の仕事なんて考えてる人、たくさんいるからねえ。田舎なんて、みんなそうよ。旧《ふる》い考えに縛られてる人、ほんと多いものねえ。困っちゃうよね」

そうだろうかとわたしは首を傾《かし》げた。でも、旧い考えに縛られて抜き差しならなくなっているのは母も同じじゃないだろうか。

おい、おいと父がまだ母を呼んでいる。

母は足音を立てて、リビングを出て行った。

線香と化粧の混ざった残り香がわたしの鼻をくすぐる。小さなクシャミが出た。

父と母は、祖母の三回忌を迎える前に別れた。

わたしは今でも、よくわからない。

祖母は何のためにうちに来て、どうして二カ月で消えてしまったのだろう。「腰痛のためだ」と説明されても、わからない。とても明快な説明なのに心底からは納得できない。

違うような気がするのだ。

もしかしたら、もしかしたらと考える。

「鈴ちゃんは想像力があるんやねえ。いろんなことを考えられるのって、ほんにええことや」

あの一言をわたしに伝えたくて、現れたんじゃないのだろうか。

まさか、そんなと一笑に付すわたしがいるけれど、そうかもしれないと首肯《しゅこう》するわたしもいる。

わたしは自分が要領の悪い、もたもたした人間だと知っている。取り留めなく考えているとき、ひどくぼんやりとした顔つきになってしまうことも知っている。わたしと同年代の少女たちが、そんな顔つきを嫌うことも、嗤《わら》うことも知っている。

みんなはきらきらしたものが好きだ。

強く輝いて、生き生きとして、美しいものが好きだ。目立ってはいけないけれど、自然と他人の視線を集めたいと望む。そのために、いつも、自分を意識している。

美しく見えるために。

陽気で明るく、楽し気に見えるために。

軽やかに、個性的に見えるために。

でも、決して異端には見えないように。

細心の気を配り、心を砕く。

わたしにはそれが難しい。つい、ぼんやりしてしまう。ぼんやり者のわたしがわたしは怖い。危なっかしくて見ていられない。情けないなあとも思う。今はまだ〝天然ちゃん〟の範囲で、仲間内にいられるけれど、いつ、弾《はじ》き出されるかわからない。目の前でぴしゃりと門を閉ざされ、拒否される可能性はいくらでもあった。わたしはちっとも、きらきらしていないのだもの。

「ほんにええことや」

祖母のはんなりした一言を思い出せば、わたしの怖気《おじけ》はほんのちょっぴりだが軽くなる。お守りのようだ。祖母はたった一人の孫に、お守りを渡すためにやってきた。

違うだろうか。違うんだろうな、きっと。けれど、祖母の一言はお守りになった。それは事実だ。

ざわざわざわ、ざわざわざわ。

ざわざわざわ、ざわざわざわ。

竹林が揺れる。風が出て来たのだ。病葉《わくらば》だろうか、黄色く変色した葉が二枚、縺《もつ》れ合いながら落ちてきた。

ざわざわ、ざわざわざわざわ。

ざわざわざわ、ざわざわざわ。

葉擦れの音がBGMになる。乾いて軽やかな音楽がわたしを包む。

今度、あの人と会うのはいつだろう。

坂道を上りながら、考える。一歩、一歩、踏みしめながら考える。

名前も知らないあの人。

眼差しも口調も、ずいぶんと尖った人だった。なにもかもが、ぴんと張り詰めている。あの人が犬だったら、わたしは近寄れない。絶対に近寄れない。トイプードルやチワワみたいに、くるんと丸い眼の愛玩《あいがん》犬じゃない。そんなペットとは似ても似つかない。

じゃ、何だろう。

もうちょっと大きなやつかな。ボーダーコリーとかダルメシアンとかゴールデンレトリバーとかかな。うーん、ちょっと違和感。

彼女は犬って感じじゃない。わたしは小さく独り言を呟いた。

犬じゃない。猫でもない。兎《うさぎ》や栗鼠《りす》では、もちろんない。

何だろう。何だろうか。あの人を動物に譬《たと》えるなら……何だろうか。どんな生き物だろうか。

「こらあっ」

　怒声が耳に飛び込んでくる。

　心臓が縮まった。足が止まる。

　いつの間にか坂を下って、校門近くまで来ていた。長い上り坂の後、校門までは短い緩やかな下り坂になる。いつもなら、勾配《こうばい》のきつい道を上りきったところで息を整えるのに、今日はそれもしなかった。ぼんやりし過ぎた。

　胸を押さえる。心臓の鼓動が手のひらに強く響いてきた。

「何をのんびりしてるんだ。とっくに授業は始まってるぞ」

　怒声の主は、生徒指導課の片森《かたもり》先生だ。身体も声も太くて大きい。怒鳴られると、男子でも身を縮める。

「馬《ば》鹿《か》者《もの》。遅刻したのなら、走ってくるぐらいはしろ」

　校門の前で、怒鳴りつけられる。それだけで、足が震えた。

　え、おい、何とか言え。どうするんだよ。

　あの男のがなり声を思い出す。野太い、威嚇《いかく》の声を。耳の奥でわんわんこだまして、頭に突き刺さってくる。

男の怒鳴り声って凶器だ。突き付けられたら、竦《すく》んでしまう。

「え？　聞いてるのか」

「……はい」

「名前と学年、クラスは？」

「二年二組、御蔵鈴美です」

「声が小さい。はっきり言え」

わたしは息を吐き出し、お腹《なか》から声を出した。それでも、頼りないほど細い。

「二年二組、御蔵鈴美です」

「ふむ。御蔵な」

片森先生の視線がわたしの全身を撫でる。

スカートの丈、リボンの有無、ブラウスの前ボタン、ハイソックスの色と形。校則違反はないか、目視している。

「スカートの丈が短い。膝《ひざ》が見えてるじゃないか」

スカートはウエストのところでたくし上げてる。抜き打ちの校門での制服チェックがあるので、いつもは坂の手前で膝が隠れるまで下ろすのだ。それを忘れていた。

うちの学校だけなのか、他校も似たようなものなのか、校門でのチェックを上手《うま》く切り抜けたら、余程の乱れでない限り校内で制服について注意されることは、そんなにない。だから、女子のほとんどは校門を入ってから、また、スカートを膝上までたくし上げる。

膝下までスカートの丈を伸ばしている人なんて、ほとんどいない。長めのスカートにハイソックスなんて、あまりに野暮った過ぎるのだ。「ダサいの極致」と八杉さんは断言する。

ダサい。この一言は、わたしたちに致命傷を与える。十分すぎるダメージを与えてしまう。高慢より、意地悪より、卑怯《ひきょう》より、卑屈より、ダサい者は敬遠される。厭《いと》われる。ダサい行動、ダサい物言い、ダサい表情、そして何よりダサい格好。みんな、毛嫌いする。膝を隠す長いスカートはまさに「ダサいの極致」だ。

校則に従い、指導課の言う通りの格好をしていたら、完全に浮いてしまう。〝天然ちゃん〟ではとうていすまなくなる。先生たちが、わたしたちの細《ささ》やかな校則違反を気にしない、あるいは見て見ぬふりをするのも、そんな女子の実態を摑《つか》んでいるから。これも八杉さんの言ったことだ。

「そこらあたりのビミョーなとこ、センセだってわかってんじゃない。わかってなかったら、高校の教師なんてできないんじゃないの」

三木さんが同調した。わたしも同調した。スカートをそっと、ほんの数センチ持ち上げながら、何度も頷《うなず》いたのだ。

片森先生はそこらあたりのビミョーなとこを解しているだろうか。解しているだろう。この指導課の教師が何歳なのか見当がつかないが、ベテランと呼ばれる範疇《はんちゅう》なのは確かだ。額がかなり後退しているし、皺《しわ》も深い。三年生の日本史を担当していて、授業は抜群におもしろいと聞いた覚えがある。けっこう人気の教師なのだ。そんな人が生徒の実態に疎《うと》いわけがない。

だとすれば、理解していながら校門前でチェックすることになる。

何のために？

それも仕事の内なのかなあ。

あ、また、余計なことを考えていた。でも、余計な考え事のおかげで、動悸《どうき》がほんの少しだが治まったみたいだ。

「二年二組の御蔵か……ふーん、今まで遅刻はないな」

片森先生の頭の中には、生徒の遅刻数が全《すべ》てインプットされているみたいだ。わたしは、目を伏せ返事をする。

「はい」

「今日に限ってどうした？　寝坊か」

「いえ……」

「どうした？　言えないような事情があるのか」

言いたくない事情はある。

痴漢に遭って遅刻しましたなんて、そんなにぺらっと口にできない。まして、目の前の教師は男なのだ。

そこで。わたしはやっと気が付いた。

あの少女のこと。

「あの、先生」

唾《つば》を呑《の》み込み、わたしは視線を上げる。髭《ひげ》の剃《そ》り跡の濃い、片森先生の顔を見る。

「あたしの前にも遅刻の人が……あの、女子で」

「うん？　ああ、菊池か。四組の菊池比呂な」

キクイケヒロ。それがあの人の名前かと、わたしは思わず片森先生を見詰めていた。

片森先生はチェック用の名簿をパラパラめくりながら、一人、頷いていた。

「菊池は……ああ、そうだ。完全、遅刻だったな。理由は言わんかったが。あいつのスカートも短すぎたな」

「先生、あの、菊池さんの遅刻は、あたしのせいなんです。あたしを助けるために、途中下車してくれて……それで、遅くなっちゃったんです」

「どういうことだ」

「それは」

「はっきりしゃべれ。しゃべらんとわからんだろう」

しゃべらないとわからない。でも、しゃべってわかってもらえるだろうか。

胸の底が粟立《あわだ》つ。舌の奥が苦い。

「……痴漢です」

「うん？」

「痴漢です。電車の中で」

一度治まった動悸がまた強くなった。何とか息を整える。

「あの……さっき、電車で痴漢に遭って……あの、それで、えっと、あたしが困っていたので……菊池さんが助けてくれて……助けてくれたんです。あの、だから、遅刻したのは、そういうわけで」

言葉が喉《のど》の奥にひっかかる。上手くしゃべれない。

片森先生の眉間《みけん》に皺が寄った。その顔つきのまま、腕時計を覗《のぞ》き込む。おっという小さな叫びが聞こえた。

「もうこんな時間だ。御蔵、放課後、生徒指導室に来い」

「え？」

「遅刻の理由をちゃんと聞く。わかったな。授業後のホームルームが終りしだい来い」

「……はい」

「よし、もういい、行け」

片森先生が顎《あご》をしゃくる。ほんの一瞬だが。それこそ犬になったような気分になった。走れと命じられて走り出す犬みたいだと、感じたのだ。

わたしはグラウンドを横切り、校舎へと早足で歩いた。

菊池さんは片森先生に何も告げていない？　電車での事件も、わたしを助けてくれたことも言わなかった？

言わなかった。菊池さんは何一つ、口にしなかった。片森先生は何にも知らなかったもの。

菊池さんの横顔が浮かぶ。

怒りを滲《にじ》ませた横顔だ。

菊池さんは怒っていた。

誰に？　あの男に？　煮え切らない駅員さんに？　わたしに？

みんなだ。菊池さんは、みんなに腹を立てていた。

風が吹いてくる。この季節なのに、なぜか冷たい。わたしは首を竦めた。昇降口で靴を脱ごうとして、つま先に竹の葉が一枚、くっついているのに気が付いた。病葉ではない、瑞々《みずみず》しい緑の葉だった。

放課後、わたしは校舎北館の階段を上っていた。片森先生に言われた通り、指導室に行くつもりだった。

遅刻や早退を繰り返すと、北館二階の端にある指導室に呼ばれる。たっぷりと説教されるわけだ。わたしが遅刻して、さらに指導室に呼び出されたと言うと、八杉さんたちは一様に驚いた。ノリとか演技でなく、本当に驚いていた。眉《まゆ》が吊《つ》り上がり、口が半開きになる。その表情は束《つか》の間《ま》で消えて、ほんわりした笑みがみんなの口元に広がった。女子高校生って不思議だなと思うのは、こんなときだ。髪形こそ似通っているがみんな別人なのに、赤の他人なのに、顔立ちはそれぞれ異なっているのに同じに見える。同じ時に同じ表情を浮かべる。そうすると巣の中で餌をせがむ雛《ひな》のように、区別がつかなくなる。それは、たぶん、わたしだけの感覚なのだろう。わたしは戸惑い、一瞬目を閉じたりしてしまうけれど、他の人はそんな素振りをまるで見せないのだから。

「鈴美が指導室？　トノサマに呼ばれた？　ありえないじゃん」

金井さんがほんわりした笑みを消して、言った。言いながら首を左右に振る。ちょっと大仰な仕草だ。

トノサマというのは片森先生の渾名《あだな》だった。会津《あいづ》藩主・松平容保《まつだいらかたもり》と片森のひっかけらしい。容保は幕末の英雄ではないし、そんなに有名でもないはずだけれど、一時、女子高生の間で人気があった。超がつく美男子だったとか、報われないのに懸命に時の将軍に尽くした献身がすてきだとか、けっこう騒がれていた。わたしは日本史は好きだが、諍《いさか》いの坩堝《るつぼ》みたいな幕末は苦手で、松平容保がどんな人でどんな生涯を送ったかには興味を持てない。

「だって、鈴美、遅刻したの初めてじゃん。どうして、トノサマに呼び出されたりするわけ？　呼び出しって、遅刻三回以上やったやつだけでしょ、フツー」

「うん」

わたしは唇をもごりと動かした。

痴漢の件をみんなに告げる勇気も、上手くごまかす術《すべ》もわたしには備わっていない。

「何か、トクベツ？」

八杉さんが身を乗り出す。

「何かトクベツっぽいよね」

「え……」

「わざわざ呼び出されたんでしょ。初めての遅刻なのに。それって特別ってことじゃないの。うん、トクベツが匂《にお》うな」

八杉さんが鼻先をひくひくと動かす。あははと、三木さんが笑った。

「あ、どうかな」

わたしは心持、身を縮める。

トクベツが匂うという八杉さんの言い方に感心していた。八杉さんは時々、こんな風に独特の言い回しをする。おもしろい人だ。でも、痴漢の件を話す気にはならない。話せば、どうしても菊池さんも話題になってしまう。ぼかしたいところをぼかして、ぼかした点を周りに気取《けど》られないなんて器用なまねはできない。わたしは菊池さんのことを話したくなかった、というか、上手く話す自信がなかったのだ。わたしがもたもた話せば、菊池さんは、顔見知りですらない、ただ同じ学校というだけの女子のために大の男に向かっていったヒロインか、やたら周りに腹を立てているだけの怒りっぽい人のどちらかにされてしまいそうだ。

どちらも違う。そして、ヒロインにしても怒りっぽい人にしても周りから浮いてしまう。敬遠される。それこそトクベツになる。トクベツとは「あたしたちとは違う」のカテゴリーに分類されるのと同じ意味だ。

菊池さんがトクベツであること、浮くこと、敬遠されることを恐れているとは思えないが、わたしは怖がっている。だから用心深くなる。安易に菊池さんを話の俎上《そじょう》に載せたくなかった。

「だいたい、鈴美が遅刻するってのがチョー珍しくない」

三木さんが何気なさそうに切り出した。黒目が横に動いて、ちらっとわたしを見る。

「どうしたのよ。お休みなのかなって心配してたんだよ」

「あ、うん。寝坊して電車に乗り遅れたから……」

「それで二十分近くも遅刻？」

「うん」

ふーんと三木さんが首を傾げた。

「八時五分のに乗れば、ギリ間に合うでしょ。それにも、乗り遅れちゃった？」

八時五分の電車に乗った。そこで痴漢に遭い、菊池さんに助けてもらった。嘘《うそ》をつくことも、本当のことも言えなくて、わたしは唇を結ぶ。

「ねえ、トノサマ、機嫌が悪かったでしょ」

八杉さんがころころと笑った。

「もしかして、鈴美、とばっちり受けたのかもね」

「とばっちり？」

「うん、これ、内緒だけどさ」

八杉さんの声音が低くなる。

「トノサマ、離婚の危機らしいよ」

「マジ？」

三木さんが身を乗り出す。

「マジ。奥さんと別居中なんだって。離婚調停中って噂《うわさ》もあるよ。噂だけどさ」

「へえ、何が原因なんだろう」

「なんかさ、奥さん不倫してたって」

「うっそーっ。それ、痛すぎるじゃん。もっと詳しく聞かせてよ」

「うーん、これ親筋だからなあ。あんまし言えないかも」

話題が片森先生の私生活に移る。

わざと逸《そ》らしてくれたのかな。

八杉さんの含み笑いの顔をそっと窺《うかが》う。

わたしが困っているのを見抜いて、話題を変えてくれたのかもしれない。八杉さんにはそういうところがあった。興味のままに遠慮なく突っ込んでもくるけれど、相手が困惑したり迷ったりしていると、すっと身を退《ひ》いてくれたりもする。

わたしは、胸の内で息を吐いた。

放課後一人、指導室に向かう。

ついていこうかと八杉さんたちは言ってくれたけど、丁寧に軽い調子で断った。高二ともなると、みんなけっこう忙しい。吉川高校は一応進学校だから、塾に通っている人も大勢いる。習い事に本気で取り組んでいる人も多い。その合間に遊びにも買い物にも行かなきゃならないし、部活もある。ＳＮＳにもけっこう時間を取られる。余計な時間などない。ぼんやりしている暇も無為《むい》に過ごす一時もないのだ。

「いいよ、いいよ。一人で行ってくる。みんな塾があるんでしょ」

「ほんとに？　大丈夫？」

「もち、大丈夫」

「怖くない？　トノサマ」

「ギリ、平気」

「そっか。まっ、ヤスリンからマルヒ情報を聞いたばっかだからね」

ヤスリンは八杉さんの愛称だ。八杉凛子《りんこ》を縮めただけだが、響きが可愛いと八杉さんは気に入っている。

「マルヒ情報って、それ関係ある？」

「ビミョーにあるんじゃね？　ほら、何となく相手の弱み、握った感じしない？」

「弱みか……。何か真剣勝負っぽいね」

「そうだよ、真剣勝負。鈴美、がんばんべ」

そんな疑問符だらけの会話を交わして、わたしは八杉さんたちに手を振った。そして、北館の階段を今、上っている。

八杉さんたちには平気なんて言ったけど、ほんとはちょっとどきどきしている。

何を尋ねられるか。

どこまでちゃんと答えられるか。

胸がざわつく。

「あっ」

背後で小さな声がして、空気が揺れる。振り向いて、わたしも息を呑み込んだ。

「菊池さん……」

踊り場に菊池さんが立っていた。踊り場の壁には大きな窓がついていて、光が存分に差し込んでくる。冬の晴れた日なら、今の時間、光は濃い赤味を帯びて、踊り場はオレンジ色に染まる。けれど、これから夏を迎える時期は、まだ眩《まぶ》しい剛力な光が窓ガラスをぎらつかせていた。

光を背負って、菊池さんは黒っぽいシルエットになっている。手足の長さがさらに際立《きわだ》ち、周りが白く発光して、光と影だけの幻想的な世界が現れた。

わたしは一瞬、ここが学校であることも、片森先生に呼び出されたことも、今朝の出来事も、八杉さんたちのことも忘れた。階段の途中で立ち止まり、突然現れた異世界に見惚《みと》れていた。

その世界から菊池さんが進み出てくる。

「ああ、やっぱり御蔵さんだ」

菊池さんは、さらりとわたしの名前を呼んだ。驚いた。まさかこうもあっさり名前を呼ばれるなんて、思ってもいなかった。何故《なぜ》、わたしの名を？

「指導室に呼ばれたんだね」

「あ……うん。あの、菊池さんも？」

「そう」

「遅刻したから、だよね」

「だろうね」

わたしより二段下で足を止め、菊池さんはほんの僅《わず》か首を傾けた。

「突然、片森先生から指導室に来いって言われた。御蔵さんも？」

そこで、わたしは気が付いた。

わたしが菊池さんの名前を出さなければ、痴漢の話なんかしなければ、菊池さんの遅刻はただの遅刻で、指導室に呼び出されたりはしなかった、と。わたしが菊池さんを変にかばったから、さらなる迷惑をかけてしまった、と。

やっと気が付いた。何という迂闊《うかつ》さだろう。

謝らなければと焦《あせ》る。助けてもらったのに、厄介事に巻き込んでしまった。ちゃんと謝らなくちゃ。

謝っちゃえば楽だから、あの男に謝ろうとしたでしょ。

坂の途中での菊池さんの一言、棘《とげ》を含んだ一言がよみがえってきて、わたしの喉を塞《ふさ》ぐ。謝っちゃえば楽だから……。

詫《わ》びの言葉は使い勝手がいい。使い方は簡単なのに便利な機器みたいだ。「ごめんなさい」「申し訳ありません」「ごめん。ほんと、ごめんね」「すみませんでした」「ね、許してくれる」。わたしたちは、けっこう無造作に謝る。謝ることで関係を繋《つな》いだり、その場を収めたり、波風をたてなかったり、楽になったりする。

たいした言葉じゃないと思ってた。安易に使っていた。菊池さんの一言が胸に刺さってきたのは、わたしの安易さ、わたしの卑屈さ、わたしのいい加減さを指摘されたからだ。自分の判断ではなく、ただその場から逃れたくて謝ろうとした姑息《こそく》さを看破《かんぱ》されたからだ。

でも今は違う。

わたしは喉を塞いだものを息と一緒に呑み下した。

今は謝らなくちゃいけない時だ。安易に詫びることが罪なら、謝るべき人に謝らないままやり過ごすのも罪になる。

わたしはもう一度、息を呑み込んだ。喉にすうっと空気が通る。

「ごめんなさい」

二つの声が重なった。一つはわたしの、そして、もう一つは……。

「どうして」

わたしは下げていた頭を戻し、菊池さんを見詰めた。

「菊池さんが謝るの」

「御蔵さんこそ、どうして謝ったりするの」

「あたしは、余計なこと言ったから……」

「余計なことって、なに」

菊池さんは顎を突き出し、つっけんどんな口調で問うてきた。乱暴なほど硬い調子だ。いつものわたしなら、この口調だけで怯《ひる》んでしまっただろう。慌《あわ》てて目を伏せ、できるならその場から逃げ出したはずだ。けれど、今はどうしてだか怖くない。むしろ、こんなに早く再会できてよかったと安堵《あんど》というか、ちっちゃな喜びの芽が胸にある。再会できて、自分の過《あやま》ちに気が付いて（遅ればせながら、だが）、謝る機会を得た。よかった。ほっとする。そして、嬉《うれ》しい。

菊池さんにまた逢《あ》えて、嬉しい。

「あのね、実は……あたしがね、片森先生にしゃべったの」

校門での経緯を菊池さんに告げる。相変わらずのもたもたしたしゃべりだったが、菊池さんは戸惑いも苛立ちも眼の中にうかべなかった。黙って、わたしの話に耳を傾けてくれた。

「あの……だから、ごめんなさい」

もう一度、頭を下げる。

ふっ。菊池さんが息を吐いた。その音が頭の上で震えた。

「御蔵さんて、いい人なんだね」

それは棘も抑揚もない物言いだった。平たくて、冷えている。わたしはゆっくりと身体を起こした。

「いつも自分が悪いみたいに感じちゃうんだ。それで、謝っちゃう。そういうの、辛いよね」

辛くない？　じゃなかった。悪いみたいに感じちゃうの？　じゃなかった。疑問じゃなく断定だった。

空気の通っていたはずの喉に、また何かが閊《つか》えた。

「……どういう意味、それ……」

「まんまだよ。いつだって、あたしが悪いって思ってる。あたしがしっかりしてないからだ。あたしがしゃべったからだ。あたしがしゃべらなかったからだ。そうやって、何でもかんでも自分のせいにしちゃう。そういうの辛いよ。辛くないわけないもの」

菊池さんが階段を上る。わたしの横を通り過ぎる。

「よく似てる」

呟《つぶや》きが聞こえた。聞こえた気がした。空耳かもしれない。

菊池さんはそのまま階段を上りきり、廊下を歩いていった。

今朝と同じだ。わたし一人が残されて、立ち尽くす。

いや今朝とは違う、わたしは腹を立てている。菊池さんに怒りを覚えていた。脈が速くなる。額に汗が滲むほど体温が上がる。指先まで血の流れを感じる。耳の底で血の流れる音を捉《とら》える。濁った風の音にそっくりだ。

なんで決めつけるのよ。

血の流れる音の奥で、わたしの声が振動した。

なんであたしのことをわかったみたいな言い方するのよ。いったい、何様のつもり？　あたしを見下してんの。

声にならない罵声《ばせい》は身体を巡り、息さえ粘りつかせる。それがさらに、喉に閊えていく。

呼吸困難を起こしそうだ。それくらい腹が立つ。

わたしは手すりを摑み、一足一足階段を進んでいった。こんなに腹が立つのに、言われた通り指導室に向かっている。

それがさらに、怒りを搔《か》き立てた。

抗《あらが》うことを知らない従順な生徒、素直ないい子、まじめないい人。

いい人ってなによ。

そっちだって謝ったじゃない。「ごめんなさい」って言ったじゃない。あれは何よ。

何のつもり？

菊池さんに怒りの矢が飛んでいく。

二階の廊下に立つと、その菊池さんの背中を目が捉えた。指導室の前にいた。

ノックをする前に、ちらっとわたしに視線を向けてきた。

わたしは視線を受け止め、奥歯を嚙《か》み締めた。

三　小波《さざなみ》立つ

指導室は思いの外、明るかった。

南向きに引き違いの窓がついていて、ブラインドが上がっている。そのブラインドも壁も天井も淡い緑色をしていて、柔らかく光を浴びていた。教室と違って、床には埃《ほこり》などなくきれいだった。掃除が行き届いている。

指導室の掃除って三年生がやるんだろうか。

わたしは、ふっと考えた。

一年生のときも二年生になった今も、指導室の掃除当番になった記憶がないから、多分、三年生なんだろうなあ。

どうでもいいことなのに、とても重要な気がしてしまう。

あぁ、ごまかしているんだな。

自分の緊張をごまかしたくて、どうでもいいことを考えている。そうなのだ。指導室の掃除当番なんてちっとも重要じゃない。重要なのは……重要なのは、何だろうか。

「御蔵、どうした？　そんなところに突っ立ってないで座れ」

片森先生が顎をしゃくった。

部屋の真ん中あたりに、テーブルとソファーがある。ソファーは二脚、テーブルを挟む形で置かれていた。

指導室というからには、机を間にして教師と生徒が向かい合うのだとばかり思っていたが、違った。テーブルは脚の短い楕円形《だえんけい》で表面が木目模様になっている。ソファーはビニール張りのようで安っぽくはあるが、クリーム色をしているので周りの緑によく映えていた。

学校内の一室というより、小さなオフィスの応接間のようだ。

菊池さんは、もう、ソファーの端に座っていた。背筋をぴんと伸ばした、とてもきれいな座り方だった。教師の前だから姿勢を正しているわけじゃないと思う。きっと、この座り方が菊池さんのいつもの座り方なんだ。

わたしも、反対側の端に腰を下ろす。胸を張り、背筋をまっすぐにたててみる。お腹のあたりがきゅっと締まった。

「そんなに離れて座らんでもいいだろう。親の仇《かたき》じゃあるまいし」

片森先生が苦笑いした。その直後、ノックの音がしてドアが開く。

青いブラウスに同色のパンツスタイルの女性が入ってきた。長い髪を一つに束ねて、背中に垂らしている。背が高くて痩《や》せているので、デニム風の色合いのパンツがよく似合う。

「ああ、名《な》郷《ごう》先生、ご苦労さまです」

片森先生が軽く手を挙げた。

「どうも、遅くなりまして」

名郷先生は眼鏡を指で押し上げ、これも軽く会釈《えしゃく》した。

二年四組、菊池さんのクラスの担任だ。古典の担当であるからか、苗字《みょうじ》からか、髪形や風貌《ふうぼう》からかわからないけれど、わたしが入学したときから〝少納言《しょうなごん》〟という渾名が付いていた。

トノサマと少納言がわたしたちの前に並んでいるわけだ。

「名郷先生も生徒指導係だし、菊池の担任でもあるから、ここに来てもらったんだ」

片森先生が早口で説明する。

「よろしくね」

名郷先生は口元だけで笑って、ファイルの束をテーブルの上に置いた。片森先生とちらりと目を見合わせ、小さな空咳《からせき》をする。さあこれから始めますよという、合図？

「御蔵さん」

「はい」

わたしは返事をした。我ながら情けないほど細い声だった。

「片森先生から、遅刻の理由を聞いたのだけれど」

名郷先生はわたしと菊池さんに交互に視線を向けてから、目を細めた。眼鏡越しに目《め》尻《じり》の細かな皺が見えた。

「痴漢に遭ったというのは本当？」

「……はい」

わたしは答えた。それから、唾を呑み込んだ。

本当？　と問われた意味の方は、うまく呑み込めない。

先生は、わたしを疑っているのだろうか。確認しているだけなのだろうか。

「詳しく話してくれる」

「え？」

「痴漢に遭ったってとこ、もう少しちゃんと、具体的に話してもらいたいんだけど。いつ、どこで、どんな風だったかって」

いつ、どこで、どんな風だったか……。

わたしは思わず身震いしていた。

リアルに、とてもリアルに、あの指の感触がよみがえってきた。ゆっくりと、スカートの上を這《は》っていた。電車の揺れに合わせて、巧妙に動いていた。柑橘《かんきつ》系のコロンの香りも思い出す。思い出せば、吐き気がした。人熱《ひといきれ》に混ざり込んだ香りは、悪臭でしかない。そして、何より、男の怒鳴り声と眼つき。

こらっ、人を痴漢呼ばわりしやがって。どういうつもりだ。え、おい、何とか言え。どうするんだよ。

何だったら学校に訴えてやろうか。

わんわん響いた野太い声と充血して吊り上がった眼だ。

わたしは膝の上で指を握りしめた。こぶしを作り、そこに力を込める。そうしないと、震えが止まらなくなりそうだった。

そんなたいしたことじゃないと思っていたのに。

授業中も、八杉さんたちとおしゃべりしているときも、一人でいるときもこんな風に心身が震えることはなかった。痴漢のことをみんなに気取られまいとして緊張はしたけれど、こんな風に震える、こんな風にざわつく、こんな風に揺れることはなかった。こんな風に思い出すことはなかった。電車の中、背後の息遣いまでよみがえってくる。

生々しく、生々しく、生々しく、生々しく。

握りしめたこぶしの内側、手のひらがぬるりと滑った。汗が滲み出ている。腋《わき》の下も、背中も、太腿《ふともも》の間にも汗が浮いている。わたしは、汗に塗《まみ》れたまま、腥《なまぐさ》い皮袋の中に押し込められている気がした。どうしてだか、した。

息が苦しい。

「何でですか」

菊池さんの声が耳に滑り込んできた。

冷たい声だった。

心地よい冷たさだ。昔、どこかで口にした水みたいだ。よく冷えた、グラス一杯の水だ。ボトルから注がれたものじゃなくて、水道水でもなくて、あれは多分……湧《わ》き水だった。

「どこよりも美味《おい》しい水だよ。好きなだけ飲みなさい」

優しい一言とともに渡されたそれを、わたしは飲み干した。まだ欲しいとおかわりをせがんだ記憶がうっすらとある。山歩きでもしていたのか、喉は渇ききって、水はその渇きにじんわりと染《し》みたのだ。わたしは幸福だった。水は心も肉体も潤《うるお》してくれた。そうだ、覚えている。そのくせ、水を渡してくれたのが誰だったか、あやふやで思い出せない。

菊池さんの声は、あの水に似ている。

冷たくて、心地よい。

心が水分を含んで柔らかく、しなやかになる。

わたしはそっと指を開いた。知らぬ間に力んでいたらしい、肩も腕も背中も首も、がちがちに強張《こわば》っていた。指を開いただけで、力が抜けていく。

「何で、そんなこと尋ねるんですか」

菊池さんは背筋を伸ばしたまま、顔を名郷先生に向けていた。わたしの方はいつの間にか、前屈《まえかが》みになっている。

「何でって……」

「遅刻の理由がそれだったからだ」

一瞬、口ごもった名郷先生に代わって、片森先生が答える。

菊池さんが僅かに首を傾《かし》げる。

「意味がよく、わかりません」

片森先生は顎を引き、小さな唸《うな》り声をあげた。

「うーん、まあ、言ってしまうとな、このところ多いんだ。まあ、当然、女子ばかりだが……痴漢に遭って遅刻したという者が」

「そうなのよ」

名郷先生が相槌《あいづち》を打つ。息がぴたりと合っていた。まさか練習したわけじゃないだろうが、とんとんとリズムよく畳みかけられると、知らぬ間に追い詰められるような心持になる。

名郷先生はファイルの束をばらばらとめくった。

「とても多くてねえ。それって、大変なことじゃない。我が校の生徒たちがこんなにも痴漢被害に遭ってるなんて、由々《ゆゆ》しき事態ってやつよね」

〝痴漢被害〟のところで名郷先生は、ちょっと言い難そうに声を潜めた。視線をファイルの上に落とす。

「それで、学校としてもちゃんと対処しなければならないと考えたの。鉄道会社の方に防止策の改善を申し入れるとか、場合によっては警察に被害状況を報告するとか、学校としての取り組みを強化するとかね。それで、被害に遭ったって訴えた生徒たちに事情を聴いたの。まずは、わたしたちがちゃんと状況を把握していないとどうにもならないでしょ」

名郷先生は丁寧に説明してくれた。こういうのを〝噛んで含めるように〟と表現するのだろう。

「そしたらねえ、意外なことに……」

はぁと音が聞こえるほどのため息が、名郷先生の口から漏れた。

「半分以上……いえ、三分の二ぐらいの子が違ってたのよね」

「は？　違うって」

今度は、わたしが首を傾げてしまった。名郷先生の言っていることがうまく理解できない。

「嘘だったんだよ」

やはり息の合ったタイミングで、片森先生が続ける。

「嘘？」

「そうだ、嘘だったんだ。どうも、生徒たちの間で、痴漢を理由にすれば、遅刻は大目に見てもらえるという噂があるらしい。遅刻が月に三回以上あると、基本、親御さんを呼び出して厳重注意することになってる。知っているだろう」

「はい……」

知っている。ときどき、クラスメイトの誰かが「やばい、やばい」と慌てる姿を見ていた。たいていは、男子だったが。

「偶発的な事故に遭ったときは遅刻をしてもカウントしない。まあ、電車内で痴漢に遭ったってのも、事故といえば事故だからな」

「犯罪です」

菊池さんが冷えた声で告げた。

「事故じゃなくて、犯罪に遭ったんです」

「うん、そうだ。犯罪だ。だからこそ、学校も適切に対処しないといけないんだ。ところが、嘘をついている生徒たちがかなりの数いる。本当は寝坊したり、他の事情があって遅れたのに、痴漢に遭ったのが理由のように告げた者たちだ。これには、正直、唖然《あぜん》とした」

「ショックだったわ」

名郷先生が首を振る。束ねた髪の先が左右に揺れた。

「まさかねえ……、遅刻の口実に使うなんて……。何を考えているのかしらって、ほんとショックだった」

受けた衝撃を身体《からだ》で表現するかのように、名郷先生は額を押さえ、背を丸めて俯《うつむ》いた。

「誤解するなよ。菊池や御蔵が嘘を言っているわけじゃないからな。ただ、詳しく状況を説明してもらいたい。その上で、いろいろと判断したいんだ」

「判断というのは、御蔵さんが本当に痴漢に遭ったかどうかを見極めるという意味ですか」

「菊池さん」

名郷先生が顎を前に突き出す。

「そういう反抗的な物の言い方、止《や》めなさい。わたしたちは、本当のことが知りたいだけなの。それには、あなたたちから聴き取ることが一番、大切でしょ」

菊池さんが反抗的な物言いをしているとは思わなかった。わたしも、問いたかったのだ。

先生。あたしたちを疑っているんですか、と。

「さて、時間もないから、事情を聴かせてもらうぞ。あ、これは、記録に残したりはしないから心配しなくていい」

「心配って……何をですか」

わたしはそう尋ねた。

わたしは何を心配し、何を憂《うれ》えなければならないのか見当がつかなかったのだ。

「だから、ここでの話が外に漏れることはないと言ってるんだ。安心して、何でも話せばいい」

片森先生の眉が寄って、不快そうな表情になる。

わたしは黙った。

父もときたまこんな顔をした。決して気難しい人ではなかったのに、何かの拍子に不愉快な気持ちを表情に出す。そうすると、母は身を屈め、わたしの耳元に囁《ささや》くのだ。

「鈴美、お父さんに逆らっちゃ駄目よ」

わたしは頷《うなず》き、ほんのりとした笑顔を作った。父が娘のそういう顔つきを好むと承知していたからだ。片森先生の前でほんのり笑うことはできなかったけれど、口をつぐみ黙り込むのは容易《たやす》い。できれば、目も閉じていたかった。

「何時の電車だった」

質問が耳朶《じだ》を打つ。

わたしはまた、こぶしを握っていた。

「御蔵、何時の電車に乗ったんだ」

「……勝野《かつの》駅を八時五分発のです」

片森先生はファイルを開き、綴じてある書類をめくった。ところどころにボールペンで何かを書き込んでいく。

「ふーん、それだとぎりぎりだな。いつも、そうか」

「いえ……いつもはもう一本、早いです。今日は乗り遅れて……」

物を言うたびに、苦みが口中に広がる。唾液《だえき》に苦み成分が混ざったみたいだ。頰の内側の粘膜に傷でもあるのだろうか。苦い唾液が染みて、痛い。できるなら、薄緑のきれいな床に唾を吐きたい。

「ふむ、それで、どこらへんで痴漢に遭ったんだ？」

「それは……」

「どんな風だったか、ちゃんと言える？」

名郷先生が身を乗り出してきた。

「具体的にちゃんと話してもらえたら、助かるのよ。訴えるにしても、具体的じゃないとどこも相手にしてくれないからね。御蔵さん、その男の顔、見た？」

「はあ……」

「見たのね。どんな感じだった？」

さらに乗り出してくる。微《かす》かな汗の臭《にお》いがした。目元の皺《しわ》がくっきりと見えた。

「顔、覚えているよね。サラリーマン風だった？　ラフな感じだった？　答えられるわよね」

どんな顔だった？

どんな風だった？

怒鳴り声、指の感触、周りの視線……。

「御蔵さん」

「止めて！」

立ち上がっていた。そんなつもりはまったくなかったのに、立ち上がって叫んでいた。叫ばないと、苦くて苦くて耐えられなかったのだ。この苦みも、迫ってくる汗の臭いも、細かな皺のある眼元も、書類をめくる乾いた音も耐え難い。全《すべ》てがあの怒鳴り声や充血した眼に繋がっていく。

嫌だ、何もかも嫌だ。

「止めてください。何でこんなこと聞くんですか。嫌です。思い出したくないです」

身体が震える。

唾を吐き捨てたい。

口の中をきれいに消毒したい。

そうだ、何でこんなことを聞くのだ。聞かれなければならないのだ。何を確かめている？　何を確かめられなければならない？

「御蔵、落ち着け」

片森先生も立ち上がった。膝《ひざ》が当たったのか、テーブルがごとっと音をたてた。

あの男と生徒指導担当の教師が重なる。背丈も顔つきも恰好《かっこう》もまるで違うのに、重なる。

「何を大声出してるんだ。ここは、指導室だぞ」

腕を摑《つか》まれた。

悲鳴がほとばしる。

「嫌、嫌、放して」

「御蔵！　落ち着けと言っているのが、わからんのか」

怒鳴らないで。威圧しないで。わたしから自由を奪わないで。

「手を放してください」

菊池さんが言った。

「御蔵さんは嫌がってますよ、先生」

やはり冷たい。心地よい。わたしは大きく息を吐き出すことができた。その息とともに、口中の苦みが薄まっていく。

腕から片森先生の指が離れた。

そんなに強く握られていたわけがないのに、指先が痺《しび》れた感じがする。そっと指を動かし、腕を撫《な》でる。血が流れていくのを実感できた。なぜだか、安堵する。

「これが犯人です」

菊池さんがスマホを差し出した。片森先生と名郷先生が顔を寄せるようにして、画面に見入る。

「これが、男がホームで御蔵さんを脅しているところです」

「脅してる？」

名郷先生が眼鏡を押し上げ、菊池さんを見やる。

「そうです。脅してます。動画を撮ってあります」

「動画だと？　ちゃんと見せろ」

「見たいですか」

「当たり前じゃないか」

片森先生がこくこくと首を縦に振る。名郷先生もまったく同じ動きをした。菊池さんはスマホを両手で押さえるようにして、胸に抱いた。それから、

「御蔵さん、どうする」

と、尋ねてきた。

「先生たちに見せてもいい？　それとも、嫌？」

「え？」

「あ……」

「御蔵さんが嫌なら、止めるけど」

菊池さんはわたしを見詰めていた。わたしの返事を待っていた。わたしが嫌だと答えれば、菊池さんはスマホを仕舞い込む。二人の教師が命令しても、懇願しても、仕舞い込んだまま決して見せないだろう。確信できた。

尊重されているんだ。

大げさでなく心が震えた。

菊池さんはわたしの気持ちを、感情を、わたし自身を尊重してくれた。第一に考えてくれた。

苦みが完全に消えた。動悸《どうき》も治まった。ざわついてどうしようもなかった胸の内が凪《な》いでくる。

菊池さんはわたしを見詰めたままだ。そのまま、わたしの返事を待っていた。きっと、いつまでも待ってくれるだろう。

「ありがとう」

わたしは答えた。問い掛けの答えにはならないけれど、菊池さんに伝えたい一言が零《こぼ》れたのだ。慌てて、続ける。

「あ、いいよ。あたしはかまわない」

大丈夫、耐えられるから。

菊池さんがゆっくり首肯《しゅこう》した。スマホを片森先生に差し出す。

画面が動き出した。

あの男の声がする。駅の構内のざわめきに紛れて、よく聞き取れない。二人の先生はさっきよりさらに、画面に顔を近づけている。名郷先生が瞬《まばた》きを繰り返した。

わたしは再びソファーに座り、ぼんやりと前を向いていた。

ちょっと、いや、かなり疲れていた。

炎天下、長い距離を歩いた後にも似た疲労感だ。

横を向く。

菊池さんも座っていた。やはり、背筋は真っすぐだ。わたしは丸めていた背中を伸ばし、下腹に力を込めた。この部屋に入ってから、菊池さんの真似《まね》ばかりしている。

でも、不思議と恥ずかしくはなかった。こうして座っていると自分の内に芯《しん》があると感じる。一本の芯がわたしを貫いている、と。それが快い。今まで知らなかった快さだ。知らなかったものをここで一つ、手に入れた。

「なるほどな」

片森先生が顔を上げ、スマホを菊池さんに返した。

「これは……よく撮ったもんだな。とっさの機転か。で、菊池は御蔵と同じ車両に乗っていて、御蔵が痴漢に遭ったのを目撃したわけなんだな」

「そうです。はっきりと見ました。御蔵さんは、男に止めるように言いました。すると、男が逆に怒りだして、御蔵さんを途中の駅で無理やり降ろしたんです。それで、ホームで怒鳴り始めました」

「酷い男ねえ」

名郷先生が口元を引き締めた。

「嫌らしいやつだわ」

「同じだと思います」

「え？」

名郷先生と菊池さんの視線が絡《から》んだ。菊池さんの視線が尖《とが》っているとは思えなかったが、名郷先生は身体を引き、身構えるみたいに姿勢を硬くした。

「同じって？」

「先生たちもこの男と同じだと思います」

「どういうこと？　菊池さん、何を言ってるの」

芝居をしているわけでもなく、名郷先生は本当に戸惑っていた。意味不明の質問をした生徒を見るように、菊池さんを見ている。片森先生も同じような眼つきになっていた。

「先生たちも、御蔵さんを脅しました」

まっ、と名郷先生が声を上げた。息を吸い込む。それを吐き出して、表情を引き締めた。

「脅したなんて、馬鹿《ばか》なこと言わないで。ほんとに、あなたは何を言ってるのよ」

「脅したというか脅《おびや》かしました。とても、怖がらせたんです。怖がらせて白状させようとした」

「白状って……ちょっと、待ちなさいよ、菊池さん」

「言葉が過ぎるぞ、菊池」

名郷先生と片森先生の声が重なる。二人とも、心持、腰を浮かせて、菊池さんの方に身体を向けていた。

菊池さんは怯まなかった。二人の教師の四つの目を真正面から、見据えていた。

「最初から疑っていたじゃないですか」

菊池さんの口調は静かだけれど、重かった。どんとぶつかってくる重量があった。

怒ってるんだ。

菊池さんは怒っている。

わたしにはわかった。

先生たちはわからなかったようだ。奇異なものを眺めるように、しげしげと菊池さんを見詰めている。

「御蔵さんを……御蔵さんとあたしを疑ってましたよね。最初から、あたしたちが嘘《うそ》をついていると疑って、いろいろと尋ねたわけでしょう。違いますか」

「違います」

名郷先生が胸を張った。二本の指で、眼鏡を押さえる。

「変な誤解をしないで。わたしも片森先生も、頭から生徒を疑うような真似はしませんよ。ただ、確かめたかっただけです。こういうこと言うとちょっと……語弊《ごへい》があるけど、あなたたち高校生を相手にしてるとね、いろいろと苦労があるのよ。正直に答えてくれる子ばかりじゃないし、言い逃れは上手《うま》いし、すぐごまかそうとするし、それにね」

「先生」

片森先生が空咳をした後、かぶりを振った。名郷先生は視線を落とし、そのまま黙り込む。

「菊池、名郷先生のおっしゃるとおりだ。おまえたちを疑ってかかったわけじゃないんだ。きちんと確認するために、ここに来てもらった。そこのところは、理解しておいてくれ」

「あんな確認の仕方はないと思います、あたしには、脅してるとしか見えませんでした」

「菊池」

「先生、無神経すぎます」

菊池さんの声音が低くなる。語尾が震える。

「あんな質問の仕方、尋問じゃないですか。答えなきゃならない方の、御蔵さんの気持ちをちょっとでも考えたんですか」

ぐっと、音がした。片森先生が息を呑《の》み込んだのだ。

「痴漢に遭ったってことがどれくらいショックか考えたことあるんですか。ないですよね、きっと。ちょっとでも考えたなら、あんな質問の仕方するわけないもの」

「菊池、落ち着け」

「落ち着いています。いえ、落ち着いてなんかいません。腹が立っています。どうしたらいいかわからないほど腹が立ちます」

「腹が立つって……しかしな」

「無神経です。ものすごく無神経です。そして、無礼です。思い出したくないことを無理やり思い出させて、平気でいるなんて信じられない。怯《おび》えていたじゃないですか。御蔵さん、止めてって言ったじゃないですか。嫌だって、ちゃんと言ったじゃないですか。それをどうして、平気で無視できるんです。信じられない、ほんとに信じられない。先生たち、おかしいです。絶対に間違ってます」

片森先生がもう一度、息を呑み込んだ。喉仏が上下する。

「……言いたいことはそれだけですか」

名郷先生が顎を上げた。

「わかりました。ずいぶんと言いたいことを言ってくれたけれど、間違っているのはそっちですよ。菊池さん」

抑揚のない調子で告げる。そして、早口で続けた。

「無神経だなんて、失礼にもほどがあるわ。わたしたちが毎日毎日、どれだけ気を使って、あなたたちと接していると思っているの。あなたたちは、ほんとうに難しい年代なのよ。あなたたちを傷つけないように気を配って、でも、指導だけはきちんとしなければいけない。あなたたちが素直に従ってくれれば、楽よ。素直に本当のことを言ってくれれば、そりゃあ楽ですよ。でもね。そうじゃないの。全然、そうじゃないの。わたしたちが日々、どれくらい苦労しているか、あなたたち生徒は何にも知らないでしょ」

あ、違う。

わたしは声を出しそうになった。

名郷先生は菊池さんに応《こた》えていない。まるで違う、かみ合っていない。菊池さんは、わたしのことを話してくれた。わたしに対する質問の内容や態度を無神経で無礼だと断言してくれたのだ。指導一般について語ったわけじゃない。

わたしの胸の内での呟きが聞こえたわけもないのに、

「尋問なんてした覚えはまったくありませんから」

名郷先生は宣言するように言い放った。

「御蔵さんがあんなに興奮するとは想像できなかったのは、わたしたちもちょっと……軽はずみなところがあったかもしれません。その点は、謝りますよ。けど、御蔵さんは少し興奮した、それだけでしょう。菊池さんが言うように、怯えただの脅しただのなんてことはありません。菊池さんの認識が間違ってます。ね、そうでしょ、御蔵さん」

不意に、名郷先生がわたしに視線を向けた。

心臓が大きく鼓動を打つ。

片森先生もわたしを見ていた。妙にぼんやりとした眼差《まなざ》しだった。ぼんやりしていても、教師の、大人の眼差しだ。

ガタッ。

窓ガラスが音を立てた。何か黒い影がぶつかってきたのだ。

ピイーッ。鋭い一声を残して、影はすぐに消えた。

名郷先生が肩を竦《すく》める。

「ヒヨドリね。ときどき、ぶつかってくるの」

「そのとおりです」

わたしは言った。

「え？」

眼鏡の奥で名郷先生の両眼が瞬きする。

「菊池さんの言った通りです。あたしは……怖かったです」

「御蔵さん」

「先生に問い詰められて……思い出しました。あの男のこと……。あの、あたし、自分ではそんなに気にしていないと思ってた……思おうとしてたんです。そうしないと怖くて、思い出したら怖くて……。えっと、だから、あの、ここで、いろいろ尋ねられて、思い出せ、思い出せって言われているみたいで、あの、あたし、怖くてたまらなかったです。とても怖くて……」

本当のことだった。嘘などではなかった。

フラッシュバックとかＰＴＳＤとかそんな大げさなものじゃないかもしれない（母は昔からよく、ストレス障害に関する本を読んだり、番組を見たりしていた。自分がどうのというより、ストレスと健康の関係について興味があったのだと思う。そう言えば、父も母も健康志向の強い人たちだ）。大げさなものじゃないけれど、苦しかった。怖かった。あの男に支配されていると感じた。

思い出せ、思い出せ。

おまえは怯えている。おまえは萎縮《いしゅく》している。おまえは他人のいいなりだ。おまえは支配され、蹂躙《じゅうりん》されている。

ぞっとした。叫ばずにはいられなかった。止めて欲しかった。心底から、止めて欲しかった。

「菊池さんの言った通りです」

わたしは繰り返した。唇が乾いて、動かすたびに音を立てた。枯れ草の触れ合うのに似た音だった。

「そうか、確かにそうだな」

片森先生がソファーの上で姿勢を正す。

「こちらの配慮が足らなかった。申し訳ない」

白髪の交ざる短髪頭を下げる。名郷先生が何か言い掛けたのを目で制し、すまなかったと続けた。

「百パーセント疑ってたわけじゃない。しかし、幾らかは疑いを持っていた。それが態度や質問のやり方に出てしまったのは、事実だ。おまえたちに指摘されるまで、そこに気が付かなかった。教師として落度があった。認める」

「ちょっと、片森先生、そんな」

「いや、落度だ。今日、ここに名郷先生に来てもらったのは、微妙な問題だからです。女性の教師がいた方がしゃべり易《やす》いと思ってのことでしたが、こちらが端《はな》から疑いを持って接していたら、しゃべり易いわけがなかったんですよ。名郷先生、我々は間違っていたようです」

「間違いだなんて、わたしは生徒たちのために一生懸命に……」

名郷先生が唇を噛んで、横を向いた。悔しそうだった。自分の本気も誠意も熱意も伝わらないことが悔しくてたまらない。そんな表情だ。唇の端が僅《わず》かにひくついている。

そうだ、名郷先生は熱心な教師だった。授業にも工夫を凝らしていた。班ごとに十二単《ひとえ》の着付け方や江戸時代の大名のお風呂《ふろ》事情といった雑学に近いテーマを調べて発表させたり、〝初恋〟と〝失恋〟をお題にした短歌コンクール（各クラスで、無記名の短歌を壁に張り出し、生徒の支持の多い順にグランプリ、準グランプリ、ユニーク賞、先生賞などを決める）を催したりして、おもしろいのだ。わたしは古典はそんなに得意ではないけれど、名郷先生の授業は好きだった。教科書をなぞり、問題を解くだけの退屈な時間では決してなかった。

ものおもへば　沢のほたるも　わが身より　あくがれいづる　魂《たま》かとぞ見る

和泉式部《いずみしきぶ》のこの歌も名郷先生が教えてくれた。暗い闇《やみ》の中に、幾つもの蛍の飛ぶ光景が浮かんで、それが大人の恋の象徴のように感じて、忘れられずにいる。

でも、本気が、熱心が、一生懸命さがいつもいつも報われるとは、正しいとは限らない。むしろ、空振りしたり、誤ることの方が多くはないだろうか。

だから、わたしたちは慎重になる。臆病《おくびょう》になる。本気になって大丈夫？　一生懸命になるのはいいけど周りが見えてる？

わたしたちは、よく非難される。

いいかげんだとか、白けているとか、自分勝手で他人のことを考えないとか、いろいろと。でも違うのだ。わたしたちは知っているだけだ。本気の、熱心の、一生懸命さの矢印の方向がずれれば、それらは容易く刃《やいば》になって、相手を傷つけると。

名郷先生の矢印は向きが違うと思う。わたしたちの嘘を暴《あば》くことではなく、わたしたちの身を守ることに向くべきだと思う。

「あの……」

口に溜《た》まった唾《つば》を呑み込む。

「何だ」

「先生、あたしたちが、生徒が嘘をついてるって言いましたけど……あの、それって」

また、心臓が強く鼓動を打ち始める。名郷先生の不機嫌な顔つきから目を逸らし、唇を舌先で湿らせる。

「何だ？　うむ、残念ではあるがそれは事実だぞ。何人もの女子生徒が、はくじ」

白状したと言い掛けて、片森先生は言葉を詰まらせた。空咳を二つ、続ける。

「つまりだ、生徒自身が認めたんだ。痴漢云々《うんぬん》は作り事で、遅刻の理由は他にあったってな」

「一人だけじゃないのよ」

名郷先生はわたしの前に手を広げ、一本ずつ指を折っていった。

「六人もの生徒が嘘をついていたの。驚きよ。あのね、御蔵さんや菊池さんの言うこともわかるわ。よーく、わかる。けど、わたしたちの事情ってものもあるの。こんなに嘘をつかれるとねえ。どうしても、疑ってしまうのよ。言いわけじゃなくてね」

「そっちの方が嘘かもしれません」

「は？　何？」

「あの、あたしも……さっき、本当のこと言えなくなりそうでした。あの、えっと、先生に嘘をついてないかと尋ねられて、あの男のことを思い出して……えっと、でも、だから……」

ああ、じれったい。

どうしてこんなに、要領を得ない話し方しかできないんだろう。「あの」と「えっと」ばかりが大量生産されて、肝心のことがちっとも前に出てこない。

自分で自分にうんざりだ。じれったい。聞いている相手はもっとうんざりして、じれったくて、苛立《いらだ》ってしまうだろう。でも、これがわたしの話し方だった。一言一言、手探りしながら進む。

菊池さんをちらっと見やる。

菊池さんもわたしを見ていた。

すごくきれいな姿勢だった。緩んだところがない。眼差しもそうだった。ぴんと張り詰めて、真《ま》っ直《す》ぐにわたしに当てられている。

あ、本気なんだ。と、わかった。

菊池さんは本気でわたしの話を聞いてくれている。菊池さんの本気がわたしに向いている。それは刃ではなかった。涼やかな流れだった。わたしは勇気づけられる。

いいよ。御蔵さんのしゃべり方でいい。

柔らかく肯《うべな》ってもらったと感じる。

「あの……辛《つら》くて、苦しくて、しゃべりたくなかったです。早く解放されたいと思いました。本当のことを説明するより、嘘だってことにして……ことにした方が楽かなと思いました。その方がずっと楽だと」

「まさか」

名郷先生が目を見開く。眉《まゆ》と瞼《まぶた》がぐっと持ち上がって、双眸《そうぼう》が眼鏡からはみ出しそうになった。

「つまり、おれたちに詳しく問われるのが苦痛で、痴漢のことは嘘だと嘘をついたと言うのか」

「そういう人もいるんじゃないかと……」

「うーん、それはなあ」

片森先生が音を立てて頭を掻《か》く。

遠くからクラクションの音が響いてきた。

窓の外には、まだ眩《まぶ》しい光が溢《あふ》れている。でも、よくよく目を凝らすと光の中に微かな赤味が混じっていた。

初夏の長い一日がとてもゆっくりと、ゆっくりと終ろうとしている。まだ青く輝く空に鳥の影が過《よぎ》った。ヒヨドリではなく、鴉《からす》だろう。この鳥ほど暮れなずむ空に似合う生き物はいない。

「帰ります」

菊池さんが立ち上がった。わたしも腰を上げる。

「うむ」と片森先生が頷いた。

「菊池、さっきの動画、また、見せてもらうことになるかもしれん」

「はい」

「それと今日のことは、まだ、親御さんには伝えない方がいいか」

片森先生が尋ねてくれた。名郷先生は身じろぎしただけで何も言わなかった。

「伝えないでください」

菊池さんの答えは明快だった。

「御蔵は、どうだ」

「あたしも同じです」

学校から連絡があれば、母さんは動揺するだろう。動揺する母さんを見ていると、いたたまれない気になる。

「伝えなくちゃいけないなら、あたしから伝えたいです」

まだ、母さんに伝える必要はない。

黙り、片森先生は頷いた。

「わかった。ただ、この件に関しては学校側も本気で取り組まなきゃならん。早急にだ。状況次第では親御さんにも連絡するし、また、話を聞かせてもらうかもしれん」

わたしと菊池さんは、束《つか》の間《ま》、顔を見合わせ、ほとんど同時に同じ返事をした。

「わかりました」

今度は教師同士が視線を絡ませる。名郷先生が先に、横を向いた。

「そうか。じゃあ、今日はもういい。二人とも悪かったな」

片森先生が身体を窄《すぼ》めた。

「ずいぶんと長い時間、拘束していた」

「いえ、失礼します」

菊池さんが一礼して、部屋を出ていく。とても素早い動作で、わたしは追い掛けられなかった。

「御蔵も申し訳なかった」

「はい。あ、いえ、大丈夫です」

片森先生の詫《わ》びに頓珍漢《とんちんかん》な返事をして、頭を下げる。

指導室を出る寸前、細い吐息の音を聞いた。名郷先生のものだろうか。

ドアを閉める。室内の物音はもう届いてこない。教室のドアよりずっと分厚いのだ。

廊下は暗く冷えていた。

菊池さんを捜す。何となく、わたしが出てくるのを待っていてくれる気がしたのだ。

八杉さんたちなら、必ずそうする。仲間を待って、肩を叩《たた》いたり笑い合ったりする。

それから帰途につく。

菊池さんは、既に階段を降りようとしていた。わたしを待つ気などさらさらなかったみたいだ。

どうしようか。一瞬、迷ったけれど、わたしは「菊池さん」と呼びながら、廊下を走った。

「菊池さん、待って」

四　森の王国

菊池さんは待ってくれなかった。

とんとんとリズムよく階段を降りていく。

菊池さんを見ていると、揺らぐ。独りでもいいんだと、ふっと思ってしまう。独りになることを怖がらなくていいんじゃないかと、考えてしまう。

怖がらなくていい？　ほんとに？

わたしは怖かった。今でも、怖い。

集団の場で独りになることを恐れている。一緒にお昼を食べる友だちがいない。おしゃべりをする相手がいない。ラインの仲間に入れない。クラスメイトから距離を置かれ、「あの子は独りだ」と烙印《らくいん》を押される。

怖い、やっぱり怖い。

学校という場は限りなく単一に近い。異物を嫌う。突出したものを、独特のものを、規格外のものを厭《いと》う。わたしは誰にも嫌われたくないし、厭われたくない。

独りになりたくない。

菊池さんは平気なんだろうか。独りでいることにも、他人に嫌われることにも耐えられるんだろうか。

制服の背中を目で追いながら、考える。

わからない。

菊池さんは謎《なぞ》だ。菊池さんの背筋はしゃんと伸びて、背中のフォルムは強くてきれいだ。でも、内側はどうなのか。恐れや怯えを抱え込んで震えたりしていないのか。

菊池さんには「？」がたくさんたくさん付きまとう。

ピイーッ。

甲高い鳥の声が響いた。

菊池さんが階段を降り切ったところで、顔を上げた。辺りに視線を巡らせる。指導室にいたときより心持、幼く見えた。

「ヒヨドリだよ」

わたしは言った。

菊池さんが振り向き、首を傾げる。この仕草も幼い。

「今の、ヒヨドリの声」

「ヒヨドリ？ ああ、さっき名郷先生も言ってたね」

「うん。灰色っぽい、これくらいの」

わたしは両手を二十センチほど開いてみせた。

「大きさ。鳴き声がうるさいの。中庭にピラカンサの木があるでしょ。その枝によく止まってる」

「ピラカンサって、秋にきれいな実を付けるやつ？」

「そう、それ。冬まで実がなってるから、ヒヨドリのやつが餌《えさ》にしてるの。取り合いの喧嘩《けんか》なんかもしょっちゅうやってる」

菊池さんが僅かに目を細めた。知らなかったと呟《つぶや》く。

「うん、誰も知らないと思う。中庭の鳥なんかに興味もたないもんね。でもね、すごかったの」

「すごい？」

「すごいの。一度だけなんだけど鷹《たか》が来たことがあったんだ。小鳥を狙《ねら》って現れたらしいんだけど、そのオーラがすごくて、ヒヨドリなんか完全にびびっちゃってた」

菊池さんが笑った。

声は立てない。唇がすっと横に広がって、歯がのぞいた。口元も眼もちゃんと笑っている。本物の笑みだ。

とても美しかった。

「やっぱりだね、御蔵さん」

「え？　やっぱりって？」

「鳥、好きなんだ」

わたしは顎《あご》を引いた。手すりに軽く手を置いて、菊池さんを見下ろす。今はわたしが踊り場に立っている。背中が温かい。窓からの光を受けているからだ。さっきとは逆に、わたしが明かりを背負い、黒い影になっているはずだ。

鳥は好きだ。

鶏でも鴉でもヒヨドリでも、燕《つばめ》も雁《がん》も雀《すずめ》も好きだ。羽のある生き物は見ていて飽きない。祖母は自分の家の庭木に、半分に切ったリンゴやミカンを突き刺していた。いろんな鳥がやってきて、さかんにつつき、リンゴもミカンも皮だけを薄く残してきれいにたいらげていた。

「ほら、今、飛んできた緑の鳥はメジロ、頭と喉《のど》が黒いのはシジュウカラ、あっちの大きな灰色の鳥がヒヨだよ。おや、根本にいるのはツグミだね」

祖母が教えてくれた。

枝から枝に軽やかに飛び回るメジロが愛らしくて、シジュウカラのピッピッと鳴き交わす声がかわいくて、小鳥たちを追い払ってリンゴやミカンを独り占めするヒヨドリが腹立たしくて、でも、憎めなくて、わたしはいつまでも鳥たちを眺めていた。

「うん、好き。昔、お祖母《ばあ》ちゃんの家でね……」

わたしは階段を降りて菊池さんと並んだ。そして、同じ歩調で歩き出した。間《ま》をもたすためではなく、話したくて、聞いてもらいたくて、わたしはしゃべった。自分さえも忘れていた鳥たちとの記憶を思い出すままに、ぽつぽつとしゃべった。

この人は鳥になんか興味を持つだろうかとか、こんな話をして白けないだろうかとか、あたしのこと変人だと決めつけないだろうかとか、いつもは頭の中でぷちぷち音を立てる危惧《きぐ》を、ほとんど感じないまま話し続けた。話しながら校舎を出た。

菊池さんは相槌《あいづち》を打つことも首を傾《かし》げることもしなかった。でも、歩く速度はゆっくりになる。

聞いてくれているんだ。

確信できた。

グラウンドの端をなぞるように歩きながら、わたしはおしゃべりを続けた。

「じっと見てると、鳥ってすごく個性的なんだってわかるの。気が強くて挑戦的というか、生意気で意地悪なやつもいるし、臆病で用心深いのもいるの。要領のいいやつも、のんびりしたのもいる。餌を置いといてやると、気の強いのが真っ先に飛んできてばくばく食べちゃうのね。その後、臆病なのが様子見ながら地面に落ちたリンゴのクズなんかを、すっごくびくつきながらつっついてるの。けど強いのが気が付くと、ぴぃぴぃ怒っちゃって、弱いのを追い払うんだ。で、その隙《すき》に要領のいいのが横から残りのリンゴを持って行っちゃったりするの」

あはっ。不意に、菊池さんが噴き出した。

少し前屈《まえかが》みになって、口元にこぶしを当て、くすくすと笑う。

「いるよね。人間にも、そういう、ちゃっかりしたやつ……」

笑いに言葉を途切らせながら、言う。

「あ、そうかな」

〝ちゃっかりしたやつ〟を思い起こそうとしたけれど、誰の顔も浮かばなかった。

あはははは。

菊池さんの笑い声が震えながら響く。

こんな風に笑う人なんだ。

初めて耳にした菊池さんの笑い声は、思いの外、柔らかくてかわいらしかった。

「おもしろいね、御蔵さんは」

「えっ！」

「何？　なんでそんなに驚くの」

「あたし、おもしろいって言われたこと、今まで一度もなかった気がして……。ううん、間違いなく一度もなかった」

一度もなかった。初めてだ。

おとなしいねとか、静かだねとはよく言われてきた。でも、〝おもしろい〟はなかった。わたし自身もわたしを知っている他人も、わたしをおもしろいなんて思わない。

「おもしろいよ」

菊池さんは前を向いたまま、口を軽く開けた。風を吸い込もうとしているみたいだ。

「御蔵さんはおもしろいよ。それに鳥が好きだ。だから、『森の王国』みたいな物語が書ける。でしょ」

足が止まった。

菊池さんも立ち止まる。でも、それはほんの二、三秒に過ぎなかった。瞬きをして、前を向き、菊池さんはすぐにまた歩き出した。

「あ、あの……、待って、あの」

心持、足取りを速めた菊池さんから、半歩遅れて歩いた。風が真正面から吹き付けてくる。強くはないけれど、埃《ほこり》っぽい。でも、清々とした葉っぱの匂《にお》いがした。

「あの、菊池さん」

「おもしろかったよ」

歩きながら、菊池さんが言った。わたしの方は見ていない。前だけを見ている。

「ストーリーはファンタジーなのに、鳥たちの生態がすごくリアルで、ヒヨドリの兵士が酔っぱらって暴れるところとか、卵を鴉に奪われそうになった小鳥たちが力を合わせて追い払うところなんて、迫力があって、読んでてどきどきした。何より、鷹の王がかっこよくて、凛々《りり》しくて、でもドジなところもあって個性的ですごいなって感じたの」

「あ、はい」

我ながら間抜けな返事をしてしまった。でも、恥ずかしいとは少しも感じない。驚きの方が何倍も勝っていた。

『森の王国』は、一年生の夏休みにわたしが創作した物語だ。いや、創作なんてかっこいいものじゃない。国語の課題に読書感想文か創作かの二択が出た。わたしは、本を読むのはそこそこ好きだが感想文は嫌いで、昔から苦労してきた。小学三年生のときに、学校側の指定した本がどれもぴんとこなくて、でも、その課題図書以外の感想文は認めてもらえないから、どうしようかと思い悩んだことがある。そのとき、母が「上手に書くことより、鈴美の感じたとおりに素直に書けばいいんじゃない。〝おもしろくなかった〟ってのも、立派な感想だと思うわよ。むしろ、斬新《ざんしん》でいいんじゃない」と言ってくれたのだ。斬新の意味は理解できなかったが、言葉そのものはすとんと胸に落ちた。わたしは、自分がなぜ、この本をつまらなく感じたかを原稿用紙四枚にびっしりと書き込んで提出した。

怒られた。

担任の先生は、×の付いた感想文をわたしに返し、いつもより尖った声でわたしを叱《しか》った。

「鈴美ちゃん、こんな風に感想文を書くのは間違ってるわ。作者に対してもこの本に対しても、とても失礼なことなのよ。感想文はね、わくわくしたり、楽しかったり、感動したことを書くの。主人公が友だちに泣きながら謝ったところがよくわからないなんて、そんな書き方は駄目なの」

教師に駄目と断言されて、心が萎縮した。

そうか、わたしは駄目なことをしでかしてしまったのか、と。

×の付いた感想文に母は当惑し、父は眉間《みけん》に皺《しわ》を寄せた。

「感想文だから素直な気持ちを書けばいいってのは、建前でしかないからなあ。やはり、世間の常識に逆らわない方がいいぞ。母さんはそういうのに疎《うと》いからなあ」

父の何気ない一言に、母は口元をきつく結び、横を向いた。

醜いほど歪《ゆが》んだ横顔と感想文がどう結びついたのか、あのときからわたしは感想文が嫌いになった。

なので、課題には創作を選んだ。何をどう書くか、あまり悩まなかった。頭の中にぱっと祖母の庭が浮かんだのだ。様々な鳥が集まっていたあの場所は、小さな王国のようだった。威厳のある鷹、群れて騒ぐメジロや雀たち、それを追い払い餌を独り占めしようとするヒヨドリ、黒々とした体色が美しい鴉……。

小学生の自分が感じたイメージをなぞって、わたしは創作に挑んだ。原稿用紙に二十枚ちょっとの物語は八月半ばに出来上がり、課題として提出することができた。

それを担当の先生が小冊子にして、一年生全員に配ってくれたのだ。わたしのを含めて四編の創作と、十の感想文、それに十五編の詩が載っていた。

選ばれたのだと思った。ちょっぴり誇らしかった。その小冊子は今も、わたしの本棚に並んでいる。でも、他人からすれば、ただの印刷物に過ぎないだろう。教科書でも問題集でもない。棄《す》てないにしても、どこかに仕舞い込んで忘れてしまってもおかしくない。むしろ、それが当たり前かもしれない。わたし自身、二年生になってからは、以前のようにときたま取り出してめくることもなくなった。物語のことも、鳥たちのことも、祖母の庭のことも思い出す回数はめっきりと減っていた。

だから、驚いた。あの作品を、『森の王国』をちゃんと読んで、おもしろいと言ってくれる人がいるなんて。

「こんな物語を書いたの、どんな人だろうって思ったの。気になるってほどじゃないんだけど、ちょっと心に引っ掛かってた。そしたら、いつだったか廊下を歩いてて、誰かが『御蔵さん』て呼ぶのが聞こえたの。図書委員の集まりがあるとかどうとかそんなことを伝えてたよね。それで、ああこの人が御蔵さんかって思った」

「それで、あたしの名前を知ってたんだ」

菊池さんが頷《うなず》く。頷いただけで、何かを付け加えることもしなかった。わたしは、少し慌《あわ》てた。菊池さんがサヨナラと手を振るように感じたのだ。手を振って、さっさといなくなる。そんな気がした。

「あ、あの、今朝、助けてくれたのも、あたしのこと知ってたから？」

菊池さんの眉がひくりと動いた。

「知ってるとか知らないとか、関係ないよ、そんなの」

ぴしゃりと言われた。

頬が熱くなる。

幻の手でぶたれたみたいだ。

そうだ、関係ない。知っていようといまいと、菊池さんなら同じ行動をとっただろう。今朝、出逢《であ》ったばかりだけれど、それくらいはわかる。わかっているはずなのに、とても愚かしいことを口にしてしまった。

馬鹿だ、あたし。

頬がどんどん火照《ほて》ってくる。いつもなら、わたしはここで挫《くじ》けてしまっただろう。自分の馬鹿さ加減にうんざりして、恥ずかしくてたまらなくて、逃げ出せるものなら逃げ出していただろう。でも、ここで逃げ出したら、明日から菊池さんに逢えなくなる。まともに顔を合わせることも、しゃべることもできなくなる。それは嫌だった。わたしは、明日も明後日《あさって》も、菊池さんと話がしたい。ちゃんと向き合いたい。

「ごめんなさい」

わたしは謝った。謝ってお終《しま》いにするためではなく、本気で謝らねばならないから謝った。

取り返しがつかないかもしれない。

そう考えると、乳房の底が冷たくなる。

「謝るほどのことじゃないよ」

菊池さんが顎を引いた。

「どうしてそう、すぐ謝るかなあ」

「謝らなきゃいけないようなこと、言ったから」

菊池さんの身体《からだ》がゆっくりと向きを変える。視線が、わたしを真正面から見据える。

「御蔵さん、いい人だね」

「え？」

「正直だし誠実だし、一生懸命だし……いい人だよ。とっても」

いい人。また、言われた。

指導室に入る前にも同じことを言われたのだ。

御蔵さんて、いい人なんだね。

辛いよね。

あのときは腹が立った。一方的に決めつけてと、憤《いきどお》りを覚えた。

今は不思議だ。

菊池さんは〝いい人〟に拘《こだわ》っている。〝いい人〟と辛さをイコールで結び付けている。どうして？

「『森の王国』にも出てくるよね。正直で、誠実で優しいキツツキのおかみさん。あれ、もしかして御蔵さんがモデル？」

「え？　あ……いや、まさかまさか。モデルなんていないから」

手を左右に振る。

「いないの？」

「いないよ」

「他のキャラも？　えっと、例えば……喧嘩早《けんかっぱや》いアヒルとか、冷静で頭のいいフクロウとかも、みんな創作？」

「そう。あ、でも、身近な人の性格をちょっとずつ借りてるみたいなとこ、あるかも」

「へえ、すごいね」

菊池さんの称賛が届く。「へえ、すごいね」なんて、ありふれた言葉のはずなのに、わたしもわたしの周りの人も何気なく使っているはずなのに、瑞々《みずみず》しい特別の一言として届いてきたのだ。

ふわっと、心が浮く。

おざなりじゃない称賛には浮力がある。菊池さんが読んでくれてよかった。忘れずにいてくれて嬉《うれ》しい。

「あっ」小さく叫んでいた。ふっと思い出したことがある。

菊池さんと目が合う。菊池さんが首を傾げる。

「忘れ物？」

「ううん、思い出した。あの冊子を作ってくれたの名郷先生だった」

「あ……、そうか」

名郷先生だ。

課題を提出して二週間後に返ってきた原稿用紙に×はついていなかった。赤字で数行の感想が書き込まれていた。

とても、おもしろく、引き込まれて読みました。たくさんの登場人（鳥）物が出てくるけれど、きちんと書き分けられていて感心しました。ストーリーも先の読めない展開でどきどきしましたよ。最後が少し急いだ感じになって、もう少し長くてもよかったかな。でも、傑作でしたね。

そうだ、そうだ。名郷先生もきちんと読んで、きちんと感想を伝えてくれたのだった。その感想が嬉しかったはずなのに、冊子を抱きしめたはずなのに、忘れていた。父と母が離婚し、新しい姓にも父のいない暮らしにも、まだ完全には馴染《なじ》めず、ぎこちない時間を過ごしていたころだ。

わたしの物語も物語にまつわる記憶もそんな日々に埋もれていた。

菊池さんが掘り起こしてくれた。

「何だか、今日はいい日だった気がする」

菊池さんに逢えたし、『森の王国』のことを思い出せた。

菊池さんが瞬《まばた》きする。

「今朝、あんなことがあったのに？」

「うん」

「しかも、指導室に呼び出しだよ」

「うん」

それでもいい日だった。

「書き直してみようかな」

「『森の王国』を？」

「うん。もっと長い物語にしてみたい。今度は鳥だけじゃなくて、他の動物も登場させて」

「すてきだ」

菊池さんは言い切ってくれた。この人の言葉には、あまり迷いがない。曖昧《あいまい》さがない。どうしたら、こんなものの言い方を身につけられるのだろう。

「菊池さん、あの……もし、もし書き上げられたら読んでくれる」

「もちろん」

「ほんとに？　ほんとに読んでくれる」

「読みたい。むしろ、読ませてください」

「はい。お願いします」

「楽しみだ。ね、今度はどんな動物が主人公になるの。森の動物だから、犬や猫じゃないよね。熊《くま》とか猿かな？　まさか虫ってことはないよね」

「まだそこまで考えてないよ。わっ、けっこうプレッシャー」

わたしと菊池さんは顔を見合わせて、笑った。

それが菊池さんとの二度目の出逢いだった。

朝、初めて出逢い、夕方、また逢えた。現実も感情もハイスピードでうねった一日だった。観覧車のようにゆっくりと回っていた日々が急にジェットコースターに変わった。そんな感覚のする一日でもあった。

疲れた。あまりにいろんなことがあって、あり過ぎて、疲れた。

ベッドに横たわり、目を閉じる。今日、母さんは職場の会議があり遅くなると言っていた。夕食は冷凍してあるカレーとカップスープと簡単なサラダで済ますつもりだ。つもりだけれど、億劫《おっくう》で動く気になれなかった。お腹《なか》も空《す》かない。

スマホが鳴った。ラインだ。

トノサマ、どうだった？　八つ当たりされなかった？

八杉さんからだった。心配してくれたのだ。

だいじょうぶ。ありがとう。無事、のりきった。

返信する。

少しそっけなかったかな、〝明日また話すよ〟ぐらい付け加えた方がいいかな。

ふっと思った、でも、明日、わたしは何を話せるだろう。あの男のことは、まだ話したくない。話せない。

ピンと音がして、八杉さんがスタンプを送ってきた。

花束を抱えた王子さまっぽいキャラと「ファイト」の文字。

笑えた。

こういうとき、スマホという小さな機器が愛《いと》しくなる。一分以内に返信しなくてはいけないとか、既読スルーされるのはグループから外される前兆だとか、スタンプは最低一月に一度は新しくするものだとか、わたしにとってはややこしい決め事がたくさんあって、正直、厄介だと感じることも多々ある。でも、スマホがわたしと誰かを繋《つな》いでくれるのも事実だ。

「昔の人ってすごいよね。スマホなしで、どうやって高校生やってたんだろう。あたしなんか、まったく想像できないわ」

三木さんが真顔で言ったことがある。「まったくだ」と金井さんがやはり真顔で頷き、八杉さんが「これこれ、昔ったってうちらの親世代あたりだよ。縄文時代とかじゃないんだから。このごろの若者はすぐに〝昭和生まれ〟を昔にしちまって、困りものよのう」と茶化した。その口調がおかしくて、わたしたちは声を上げて笑った。

どうしてだか、そんな記憶がよみがえってくる。

わたしは、王子さまスタンプに指先でそっと触れてみた。

そういえば、菊池さんとは電話番号はおろか、ラインのＩＤも交換していなかった。

菊池さんもわたしも、それを提案しなかった。

どうしてだろう？

わたしたちにとってスマホを介在する繋がりは、ごく当たり前なのに。

考えたけれど、よくわからなかった。

わたしは起き上がり、部屋を出る。急に食欲が出てきた。

菊池さんはカンフル剤みたいだ。考えるだけで元気が出る。励まされる気がする。

そんなのは、わたしの勝手な思い込みで、菊池さんからすれば「何それ？」って感じかもしれない。でも、事実だ。

わたしは、菊池さんから刺激や元気をもらい、励まされた。

わたしの事実だ。

スマホを部屋着のポケットにしまい、階段を下りる。空腹が少し、強くなった。

三度目に菊池さんに逢ったのは、翌々日の夕方だった。

部活のある八杉さんたちと別れ、わたしは一人、帰宅していた。登校時とは反対に、道は下り坂のまま駅に続いていく。

初夏の日は長く、空はまだ十分に明るかった。

カバンが重い。

図書室で借りた図鑑が二冊、入っている。『森の王国』の続きを書くと菊池さんに約束した。いや、約束なんて大げさなものじゃないかもしれない。でも、菊池さんは間違いなく読んでくれる。読んで正直な感想を伝えてくれる。変な気遣いとか遠慮とか抜きにして、感じたままを教えてくれる。

カバンを揺すり上げる。スマホで検索すれば、鳥の種類や姿なんて簡単にわかる。でも、知識とか情報を手に入れるためではなく、ただ、ぼんやりと眺めたいときは紙の本がいい。いいと思う。理由はわからないけれど。

あ……。

足が止まる。

目の前を小さな影が過った。それは、わたしの前を過ぎて竹林に消えた。

鳥だ。小さな影にしか見えない小さな鳥。

耳を澄ますと、微《かす》かな鳴き声が聞こえる。

チチチッ、チチチッ。

単純な地鳴きだけれど、綺麗《きれい》な声だ。

何だろう。どんな鳥だろう。雀じゃなかった。

ほんの束の間、躊躇《ためら》ったけれど、わたしは少しばかり坂を下り、フェンスに開いた穴の前に立った。入学したときには既に開いていた穴だ。カバンを抱え、身を縮め、穴を潜《くぐ》る。竹林の中に入り込む。入ってみて、驚いた。

涼しい。

夏が近づくにつれて猛々《たけだけ》しくなる光の熱が、ここにはない。ひんやりとした風が通っていく。わたしは竹林の斜面を登っていく。皮をつけたままのまだ若い竹は、わたしの背丈ほどだ。はるか頭上に伸びるものは茎が深い緑だった。

チチチッ、チチチッ。

軽やかな啼声《ていせい》に誘われて、上に視線を向ける。竹の先で歪《いびつ》に切り取られた空が、目を見張るほど青い。グラウンドや坂道で見上げたものよりずっと青く、透き通っていた。

なぜ？

竹には青を鮮やかにする働きがあるのだろうか。

まさか。でも、本当に美しい空だ。そこを黒い影が二つ、三つ、飛び交う。

息を吸い込み、眼で影を追う。

「鳥って自由なのかなあ」

独り言が零《こぼ》れた。

「どうかなあ」

背後から返事があった。

びっくりした。一瞬、心臓も身体も縮まった。息が喉の真ん中あたりで閊《つか》える。

「……菊池さん」

振り向いて、わたしは何とか息を吐き出せた。

菊池さんが立っていた。

「あ、びっくりさせちゃった。ごめん」

菊池さんも身体を縮め、両手を合わせてお詫びのポーズをとった。

「いや、別につけるつもりはなかったんだけど、前を見たら御蔵さんがいて、しかも、妙に挙動不審でさ」

「挙動不審？」

「うん。急に立ち止まって、何かを捜しているみたいにきょろきょろして、歩き出したと思ったらフェンスの中に入っちゃって」

見られてた？　変な子だと思われた？

頬が熱い。

「鳥、追っかけてたんだ」

菊池さんが顔を空に向ける。「ああ」と感嘆の声が漏れた。

「すてきな空だ」

「うん」

「まるで違うね」

「うん。竹林の空は特別みたい。他所《よそ》とは色が違うよね」

わたしたちは、暫《しばら》く黙って空に見入っていた。首の後ろが痛くなるくらい長い間、黙ったまま見入っていた。

風が吹く。竹の葉が揺れる。

ざあざあと、意外なほど大きな音が響いた。枯れた葉が落ちてくる。一枚がわたしの肩に載った。

「帰ろう」

菊池さんが言った。

「ここ、日が差さないから、すぐに暗くなる。けっこう危ないよ」

「危ない？」

「もうずいぶんと昔だけど、うちの高校の女子が引きずり込まれそうになった事件があったらしいよ。犯人は捕まったみたいだけど」

「そうなんだ。知らなかった。え、じゃあ、フェンスができたのって」

「うん。その事件の後だって。何か起こらなきゃ、対策してくれないのって昔からなんだね。起こってからじゃ遅いはずなのに」

菊池さんの口調が重くなる。

「菊池さん」

「うん？」

「あたしのこと心配してくれたんだ」

竹林に入っていくわたしを心配して、跡を追ってくれた。

やっと、理解した。

菊池さんが瞬きする。「別に、そういうんじゃないから」と言い捨てると、さっさと歩きだす。わたしは、その後に続いた。何だかこのところずっと、菊池さんの背中を追いかけてばかりいる気がする。

道に出て、わたしは肩の葉を払った。

「あの、菊池さん、ありがとう」

「だから、そういうのじゃないって」

菊池さんの唇が尖《とが》る。すねた子どもみたいな顔になる。

「あたしは、ただ、御蔵さんが変なことしてるから……何だろうって思っただけ。だってさ、小学生じゃあるまいし、フェンスの穴から入るなんて、どうしたのかなって……つまり、えっと、ほらあれだよ」

「好奇心？」

「そう、好奇心。好奇心がうずうずしちゃって、それで跡をつけただけ」

菊池さんの唇はますます尖り、頬がほんのり赤らむ。

「菊池さん、かわいい」

思わず口にしてしまった。言葉がぽんと飛び出したみたいだ。

「か、かわいいって何よ。からかわないで」

「からかってなんかいない。ほんとに、かわいいって感じたの」

照れて、本音を隠そうとすねた振りをする菊池さんは、かわいかった。ものすごく、かわいかった。

「ほんとだよ。ほんとに、かわいいって思ったの。ほんとのほんと」

菊池さんはちょっとの間、わたしを見詰めていた。それから、噴き出した。

「あれ？　笑うところじゃないでしょ」

わたしが首を傾げると、明朗な笑い声はさらに大きくなった。

「あははは、だって、おかしい。御蔵さん、マジな顔してかわいい、かわいいって。何か、おかしいよ」

笑っている菊池さんを見ていると、わたしも胸の奥から笑いが込み上げてきた。

「もう、菊池さんたら、何で笑うのよ」

「御蔵さんだって、笑ってるじゃない」

ひとしきり笑った後、わたしたちは大きく息を吐いた。

「こんな大笑いしたの、久しぶり」

菊池さんが笑みの残った口調で告げる。わたしも頷いた。何にも考えないで笑いたいから笑う。それが、こんなにも気持ちいい。胸の奥から塊（何の塊だろうか）が剝《は》がれて、笑いと一緒に飛び出して行くようだ。

「でも、御蔵さんのおかげで、いいもの見られた。あんな空、初めてだったな」

「あたしも初めて。竹林って不思議な場所だね」

「だからといって、一人で入り込まないように」

「はい。反省します」

わたしたちはまた、小さく笑った。

二人の間に風が吹いていく。

菊池さんの笑いがすっと消えた。表情がみるみる硬くなる。

動揺する。

え、どうしたの？　菊池さん。

硬直した表情のまま、菊池さんはスマホを取り出した。わたしを救ってくれたスマホだ。踵《かかと》でターンするように、くるりと後ろ向きになり、スマホを耳に押し当てた。

「はい……うん、何？」

ぶっきらぼうな応答だ。

「えっ、お姉ちゃんが！」

一瞬、上ずった声はすとんと低くなり、ほとんど聞き取れなくなる。それでも、乱れた調子は伝わってきた。

「……うん、わかった。すぐに……わかってる……。おちついて……ともかく、帰るから」

スマホを仕舞い、菊池さんが大きく息を吐き出した。

「どうかした?」

わたしは尋ねる。菊池さんは答えない。

「お姉さんに何かあったの」

菊池さんが振り向いた。わたしは思わず半歩、後ずさった。とっさに襲われると思ったのだ。菊池さんが飛び掛かってくると。

それほど険しい眼をしていた。

さっきまで楽し気に笑っていた人とも、女子高生とも信じられない眼つきだ。眼差《まなざ》しが刃《やいば》になり突き刺さる。優しい温かい雰囲気が裂けて、飛び散る。

わたしは身体の横で指を握り込んだ。

「あ、あの……あたし、何か気に障《さわ》ること言った? もしそうだったら……」

「ごめんなさい」を唾《つば》と一緒に呑《の》み込む。わけもわからず発する謝罪の台詞《せりふ》は、とりあえずその場を凌《しの》ぐための、あるいは誤魔化すためのものでしかない。それを数日前に、指摘されたばかりではないか。

菊池さんが束の間、目を閉じる。呼吸を整える間だったようだ。瞼《まぶた》が上ったとき、菊池さんから刃に似た険しさは消えていた。ただ、表情は、柔らかくも温かくもない。

一枚の薄布を頭からかぶったみたいだ。菊池さんの姿がおぼろになり、もう何も読み取れない。

「じゃあ、これで」

菊池さんが言った。言うと同時に、足早に歩き出す。ひらりと手を振ることはなかった。わたしの返事を待つことも、明日の約束をすることもなかった。

もう、追いかけられない。

傍に来ないで。

菊池さんの後ろ姿に、拒否が張り付いている。

竹の香りに包まれて、わたしは立ち尽くす。

傍に来ないで。

わたしに触れないで。

これ以上、踏み込まないで。

拒まれた。伸ばした指先は空を摑《つか》んだままだ。

「菊池さん……」

呟いてみる。

頭上から竹の葉擦れの音が降り注いできた。

五　わたしのこと、あなたのこと

信号が変わったとたん、人々が動き出す。ほぼ一斉に。

それぞれがそれぞれに横断歩道を渡る。

微笑《ほほえ》んでいる人、スマホに見入っている人、生真面目《きまじめ》に口元を引き締めている人、疲労を滲《にじ》ませ弛緩《しかん》した顔つきの人、賑《にぎ》やかにしゃべり合っている人たちもいる。

それぞれがそれぞれの表情をしている。当たり前のことだ。

そう、当たり前のことなんだ。

比呂は胸の内で呟《つぶや》いた。

そんなの、当たり前なんだよ。

誰に向かっているのか、よくわからない呟きだ。このごろ、胸の内で誰にともなく呟く回数が増えた気がする。

昔から独り言は多かった。

身に染みついた癖なんだと思う。

一人でいるのが好きだった。絵を描きながら、本を読みながら、人形遊びをしながら、庭の隅で蟻《あり》の行列を眺めながらぶつぶつと、口の中で呟く。そんな癖だ。比呂にとっては息をしたり、くしゃみが出たり、食事を摂《と》ったりするのと同じ、ごく自然な行動だった。でも、違った。外からの眼には、むしろとても不自然で奇妙に見えるものだったのだ。

それを母から教えられた。

「止《や》めなさい」

母の瑞帆《みずほ》が言った。

「ああいうの、止めなさい」

低くて落ち着いていたけれど、重い声音だった。瑞帆は怒りを覚えると語調が重くなる。構えるとか威《い》嚇《かく》するとかではないけれど、言葉自体がずんと沈み込むように響くのだ。

ママ、怒ってる？

母を見上げた。母の横顔は、遥《はる》か上にあった。

比呂は幼稚園の年中組だった。まだ五歳になっていなかったはずだ。通っていた園は、組ごとに花の名前がついていた。年中のクラスはツツジとサクラで、比呂はツツジ組だった。赤いツツジのワッペンを胸に付けて、母を見上げる。

園からの帰り道、自宅に向かう道は小さな川に沿って続き、住宅街に入って緩やかな上り坂に変わる。二キロ弱の道程を、瑞帆は自転車か徒歩で送り迎えしていた。車を使うことはめったにない。比呂は母に手を引かれて歩くこの道、この時間が大好きだった。坂の途中には小さな空地があって、草が茂っていた。その草原で虫や蛙《かえる》を捕まえたり、川の流れの中に遡上《そじょう》する小魚の姿を見つけたりする。そういう時間だった。

比呂がカバンや絵本袋を放り出して虫を追いかけても、飽きずに小魚の群れを見続けていても、母はめったに急《せ》かしたり、苛《いら》ついたりしなかった。たいていの場合、静かに待っていてくれた。

その母の、見上げた顔が硬い。

口元も眼元も強張《こわば》って、歪んでいる。

ママ、怒ってる？

母の表情にも口調にも怯《おび》えはしなかった。ただ、戸惑いはする。

母は何に怒っているのか。それが摑めない。

さっきまで、比呂は幼稚園の園庭で母が来るのを待っていた。

いつものことだ。

園児たちは、〝さようならのお歌〟を歌った後、晴れていれば園庭に放たれ、雨なら遊戯室に集められて迎えを待つ。

その日は晴れだった。乾いて涼しい風が吹いていた。比呂は門の近くにある花壇の土をほじくっていた。腐葉土が混ぜ込まれた土は地味が肥えているのか、ちょっと掘っただけでミミズやダンゴ虫がたくさん出て来る。

指先でつつくと小さな球体に変わるダンゴ虫も、無用にのたうっているようで案外要領よく土に潜ってしまうミミズもおもしろくて、夢中になっていた。

「比呂」

呼ばれたと同時に腕を強く引かれた。

「帰るわよ」

「あ、ママ、あのね」

「いいから早くして。帰るの」

指の間からダンゴ虫が零れた。

引きずられるようにして門を出て、すぐに右に曲がる。そのまま真っすぐ歩くと、川に沿って延びる土手道に出るのだ。

「止めなさい」

土手道に出たところで、母は言った。低く重く、怒りを含んだ声だった。

「ああいうの、止めなさい」

「なに？」

比呂は尋ねた。母の言葉が理解できなかったからだ。〝ああいうの〟の意味がわからない。

返事はなかった。

「ねえ、ママ」

母の手を引っ張る。

「何を止めるの」

わからないなら尋ねなければいけない。

曖昧は嫌いだ。わからないまま、はっきりしないままうやむやにされるのは嫌だ。ちゃんと答えて欲しい。怒っているのなら、その怒りの理由を伝えて欲しい。

母が不意に立ち止まった。立ち止まって比呂を見下ろす。

「比呂ちゃん」

しゃがみこみ、両手を比呂の肩に置き母は言った。低く重い声のままだった。視線が絡《から》む。

「わかってないの？　比呂ちゃんずっと独り言、言ってたでしょ」

「ひとりごと？」

首を傾《かし》げる。〝ひとりごと〟の意味を知らなかった。

「ぶつぶつ、一人でしゃべることよ」

そうなのかな。

また、首を傾げる。

ミミズやダンゴ虫に話しかけていたかもしれない。

ねえ、どうしたらそんなに丸くなれるの。

土の中は暗いのかなあ。ちゃんと息ができるのかなあ。

毎日、何を食べてるの。今日のご飯はなあに。

あたしね、トンボさんになりたいんだよ。空を飛びたいもの。

そんなふうに。

でもそれは、いつものことだ。

比呂はいろいろなものに話しかけるのが好きなのだ。ダンゴ虫やミミズだけではなく、絵本の中の少女にも、家のカーテンにも、お気に入りのミミズクのぬいぐるみにも話しかける。返事があって会話が成り立つときも、一方的に比呂がしゃべっているだけのときもある。絵本の少女やカーテンやぬいぐるみが返事なんかするものかと嗤《わら》われたら、比呂は「返事してくれるよ」と言い返し、「ときどきだけど」と付け加えるだろう。

ときどき返事をしてくれる。

少女もカーテンもぬいぐるみも気紛《きまぐ》れだ。人でないものはどれも気紛れで、気儘《きまま》で、気遣いなんてしない。だから、おもしろい。

その日はミミズもダンゴ虫も比呂を無視していた。一生懸命に話しかけたのに、短い返事一つくれなかった。

意地悪だねえ。それとも、機嫌が悪いの。誰かと喧嘩《けんか》した？　何か嫌なことがあった？　比呂はね、今日、給食が全部、食べられなかったんだよ。カボチャがね、食べられなかったの。カボチャのサラダだよ。頑張ったけど食べられなかったの。それでね、江梨子《えりこ》先生が次はもっと頑張ろうねって……。

そこで、母に腕を引っ張られたのだ。

「比呂ちゃんの独り言の癖、とってもみっともないの」

比呂を見詰めたまま、母は断言した。

〝みっともない〟の意味がまた解《げ》せなかったけれど、感じはした。〝みっともない〟は、とても悪いこと、母を怒らせるのに十分なほど悪いことなのだと。

「ママ、とっても恥ずかしかったんだからね。わかるでしょ」

ここで、またわからなくなる。

あたしが誰かとお話するのは〝みっともない〟で、悪いことで、ママは恥ずかしい。

それはどうして？

「わかんない」

比呂は答えた。

「わからないの」

「わかんない。あたし、お話してただけだよ」

「それがみっともないんでしょ」

「どうして？　あたし、だれもいじめてないよ。意地悪もしてないし、悪戯《いたずら》もしてないよ。お友達を泣かせてないし、ブロックを取ったり、お砂をかけたりもしてない」

給食のカボチャは残してしまったけれど、それでツツジ組の誰かを苦しめたわけでも、絶望させたわけでもない。追い詰めも傷つけもしなかったはずだ。ただ、江梨子先生をちょっと困らせたかもしれない。でも、それはきっと〝みっともない〟ほどのものじゃない。幼いなりに、比呂は確信していた。

母の眼を見返して、繰り返す。

「わかんないよ、ママ」

母がため息を吐《つ》いた。

「あんたはどうして……そう頑固なの。愛衣《あい》は素直なのにねえ」

愛衣というのは姉の名だ。七つの年の開きがある。だから、もう小学校の高学年で、毎朝、比呂より三十分早く家を出て行く。

「比呂、行ってくるよ」

毎朝、必ず声をかけてくれた。

背が高くて、笑うととても優しい顔になって、笑わなくても優しくて、大好きな人の内の一人だった。おそらく、母も姉を大好きなのだろうと思う。姉を見送る眼差しも、迎え入れる顔つきも晴れ晴れとして暗みが一つもないからだ。

今、比呂の前にしゃがんでいる母は暗かった。眼の奥にも口調の底にも重い暗みが蹲《うずくま》っていた。

比呂といると、母は時折、こんな眼をする。

「あのね、比呂」

母の指が比呂の肩を掴んだ。

「門のところで、お母さんたちが何て言ってたと思う」

「お母さん？　誰の？　ゆきのちゃんの？　健介《けんすけ》くんの？」

「知らないわ。誰のお母さんか知らない。ツツジ組のお母さんたちじゃなかった。サクラ組でもなかった」

「じゃ、スミレ組かな。タンポポ組かな。えっと、ヒマワリ組かもしれないね」

「どうでもいいの、そんなこと。もう、比呂はいつもどうでもいいことばかりに拘るんだから。嫌になっちゃう」

肩を掴んだ指に力がこもる。比呂が痛みを訴えるより先に、母はいつもより早口で続けた。

「『あの子、変よね』って言ったのよ。『一人でぶつぶつしゃべってる。ちょっと気味が悪いね』って。ママ、死ぬほど恥ずかしかったんだから……ほんとに……」

母が唇を噛《か》む。苦しんでいる人の顔つきになる。

比呂は背筋が冷たくなるのを感じた。母の口にした〝死ぬほど〟の一言に背骨のあたりが冷えていく。

「ママ、死んじゃうの」

泣きそうになる。思わず、母の首にしがみついていた。

「嫌だ、死んじゃ嫌だ」

ほんの一瞬、静寂がおとずれた。

風の音も、母の息遣いも、川の流れも、傍らを過ぎていく人たちの気配も消えた。

怖かった。

静寂が怖い。

比呂はさらにしがみつき、固く眼を閉じた。

「……馬鹿《ばか》ね」

吐息が耳朶《じだ》にかかる。

「死ぬなんて言ってないでしょ。死ぬほど恥ずかしかったって、そう言ったんじゃないの」

腕を緩め、母を見る。

ほんの少し笑っていた。唇が横に広がって、笑みを作っている。でも、眼は暗いままだった。笑っていない。苦笑という単語を比呂が知るのはずっと後になるが、知ったときすとんと胸に落ちた。

そうか、あのとき、母さんは苦笑していたんだ、と。

苦い想《おも》いを呑み込んで、笑う。

幼い比呂には縁のない笑み方だ。

「比呂、ママが死んじゃうの嫌なんだね」

「うん」

母の身体《からだ》が僅《わず》かに離れた。その隙間《すきま》を川からの風が吹き通っていく。苔《こけ》の匂《にお》いのする風だった。

「死んじゃうと、もう逢《あ》えなくなるからね」

風に前髪を揺らせて、母は告げた。

「手を繋いで幼稚園から帰るのも、ご飯を作るのも、一緒に買い物に行くのも、みんなできなくなっちゃうからね。わかる？　ママ、どこにもいなくなっちゃうんだよ」

「嫌、絶対、嫌。ママ、どこにも行かないで」

母は世界の大半を占めていた。母がいなくなるとは、世界が消滅するに等しい。

嫌だ、嫌だと比呂はかぶりを振りつづけた。口の中がしょっぱくて、鼻の奥が痛い。

「泣かなくていいの。ママはいなくなったりしないから」

母の一言にほっと息が吐けた。

よかった。この世界はちゃんと安定したままなのだ。

「でも、比呂がまた恥ずかしいことしたら、わからないからね。ママ、どこかに行っちゃうかもしれないからね」

　母が立ち上がる。

　比呂は唾を呑み込んだ。涙の混ざった、苦味さえ感じる唾だった。

「独り言の癖、直してね。一人でぶつぶつ言うの止めるのよ」

「悪いことだから？」

「もう、比呂ったら。何回も同じこと言わせないで。恥ずかしいからでしょ。周りから変な子だって思われちゃうの。そういうの、ママ、とっても恥ずかしいし、嫌だし……辛《つら》いのよ」

「……辛いの」

「辛いわよ。自分の子が変わってる、奇妙だって思われちゃうんだもの。とっても辛いの」

　キミョウの意味はわからなかったが、ダンゴ虫やミミズやカーテンたちと話をするのは、母を辛くさせる。それは身に染《し》みて理解できた。自分がキミョウだと周りから見られることも、理解した。

比呂はそれから、独り言を止めた。いや、止めたのではなく、声に出さないように用心する癖を身につけたのだ。心の中に、声を閉じ込める。閉じ込めた声は、わんわん響いて比呂を落ち着かなくさせた。

数日後、熱が出た。

四十度近い高熱にみまわれて、三日間、とろとろと眠った。

母は懸命に看護してくれた。父も姉も心配してくれた。熱が下がると、無性に喉《のど》が渇いた。真夜中だったけれど、我慢できなくて水をせがんだ。

「待ってて。美味《おい》しい水をすぐ、持ってきてあげる」

その言葉通り母から手渡された水は、信じられないほど美味しかった。喉から全身に染みていく水は間違いなく、比呂を蘇生《そせい》させてくれたのだ。

「比呂、大丈夫？」

姉が覗《のぞ》く。薄いピンクのパジャマを着ていた。

「まあ、愛衣、何時だと思ってるの」

「うん、寝てたんだけど……」

「ばたばたしたから、起こしちゃった？」

「ううん、そういうのじゃない。比呂のことが気になって、あんまりちゃんと寝られなかったみたい。比呂、どう？」

「大丈夫よ。熱、下がったみたい。ね、比呂」

「……お腹、空いた。親子丼《どん》、食べたい」

「まっ、親子丼？　さっきまで、うんうん唸《うな》ってたのに」

「あ、でも、わかる。熱が下がった後って無性に丼物《どんぶりもの》が食べたくなるんだよ。カツ丼はさすがに重いけど、親子丼はいけるよね」

「まあ。愛衣ったら」

母が忍びやかに笑う。姉は安堵《あんど》のため息を漏らした。

あ、幸せだなと感じた。

こんな風に労《いた》わられて、幸せだ。こんな優しさに包まれて、幸せだ。とても嬉《うれ》しい。

「比呂、早く元気になあれ」

姉は比呂の額にそっと手を置いた。温《ぬく》もりが伝わってきた。残っていた熱も身体の怠《だる》さも、温かな手のひらに吸い込まれていくみたいだった。

幸せだと、また思う。

思いはしたが、どこかが疼《うず》いた。声に出してはいけない言葉の数々が、澱《おり》のようにたまって腐っていくようだ。そこが疼く。幸せなのに、疼く。

「さ、もうひと眠りしなさい。目が覚めたら、親子丼、作ってあげるからね」

母の胸に抱かれて、比呂は目を閉じた。

涙が一粒だけ零れて、頬を伝った。

あのときから、十年以上が経《た》った。

もう高校生だ。

疼きは時折覚えるけれど、泣きはしない。

泣いたりなんかするものか。

「おい、ぐずぐずすんな」

背後で怒声が響いた。

振り向く。

サラリーマン風に紺の背広を着こんだ男が、小さな老婆《ろうば》を怒鳴っていた。男は四十歳前後、老婆は白髪で足元が覚束《おぼつか》なく、かなりの高齢に見えた。

「こっちは急いでんだ。もたもた、道を塞《ふさ》ぐんじゃねえ」

「あ……す、すみません」

老婆は杖《つえ》を頼りに何とか横により、道をあけた。

「ちっ」。舌打ちの音をたてて、男は老婆を追い抜き、比呂の傍らを通り過ぎていく。すらりと背が高く、整った顔立ちをしている。けれど、横顔はひどく険しく、歪《ゆが》んでさえいた。

どうして？

遠ざかる背広の背中に問うてみる。

どうして、そんなに苛ついているの。なぜ、容赦なく他人を傷つけられるの。

みんながみんなじゃない。歩道橋を上るお年寄りに手を差し伸べる人も、転んだ幼児を抱き起そうとする人も、道端にしゃがみ込んだ者に声をかける人もいる。けれど、険しい人が増えたと思う。肌で感じてしまう。

険しい。猛々しい。獰猛《どうもう》で粗暴だ。餓《う》えた獣みたいだ。威嚇の声を上げ、牙《きば》をむく。餌《えさ》にするのはいつも自分より弱い相手だ。対等に戦えない相手、自分より非力な相手、決して抗《あらが》えない相手を狙《ねら》い、威嚇し、牙をむき、爪《つめ》で引き裂こうとする。強い者には決してぶつかってはいかない。

この卑小さは何だろうと、考える。

この卑小、この卑怯《ひきょう》、この卑劣。獣より劣る。そんな手合いが増殖している。そんな風に感じられてならない。

今の男もあの男もそうだ。

杖をついて歩く老婆を怒鳴りつける中年も、女子高校生に痴漢して逆に怒鳴りつけてくる男も、みんな同じだ。

児童公園をつっきり、裏通りに出る。さらに路地を進めば、自宅までの近道だった。駅から最短の道程《みちのり》になる。ただ、路地は狭く、日当たりが悪いのか、いつも湿っていた。

路地を抜けると川土手の道があった。

急に視界が広がり、川の匂いを嗅《か》ぐ。

青葉の香りが濃くなるこの時季、川の匂いもまた張り詰めてくる。ぴんと尖って、鼻《び》腔《こう》に届いてくるのだ。伸びていく木々と、水を集めて走る川が競うように放つ、この香りが好きだった。

でも、今日は風に顔を向けて、深呼吸する余裕はなかった。

早く、早く帰らなければ。

足早になる。

もどかしい。焦《あせ》る。気持ちが勝手に逸《はや》っていく。

風に背中を押されて、比呂は走った。

家に帰り着いたとき、ほんの僅かだが息が乱れていた。呼吸を整えるために深呼吸する。川の匂いはもう届いてこない。かわりに、これから次々に花弁を開いていく薔《ば》薇《ら》の芳香が染みてきた。ここ数年、ガーデニングに凝っている母が丹精している。比呂は薔薇という花をあまり好きにはなれなかった。厚化粧の女を連想してしまう。美しいけれど、媚《こび》を含んでいる。そんな感じをずっと抱いていた。それが一変したのは、ちょうど一年前、だから去年の夏の初めのころだ。

間もなく梅雨入りという季節に相応《ふさわ》しく、空はどんよりと曇っていた。あの幼稚園の前だった。比呂も愛衣も通った幼稚園の園庭には、午後も遅い時間だったから、子どもたちの姿はどこにもなかった。門も固く閉じられて、入ることも出ることも叶《かな》わない印象を受ける。比呂が通っていたころも、園側はセキュリティについてかなり神経を尖らせていたらしいが、ここまで頑《かたく》なな拒否感を醸《かも》し出してはいなかったはずだ。

余所者は誰一人、入らせない。

黒いスライドの門は、四方にそう宣言しているようだった。

門の外側はコンクリートの緩やかなスロープになっているのだが、そのスロープと煉瓦《れんが》壁の間から、薔薇が伸びていた。花壇や庭ではなく、スロープに走った亀裂《きれつ》だ。

そこに根を張り、芽を出し、とてもちっぽけだけど確かに紅色の花をつけていた。

「へえ、薔薇って案外、逞《たくま》しいんだ」

ふっと独り言が漏れた。

「見直しちゃったよ。何か迫力あるねえ。でもどうやって、ここまでやって来たの。タンポポみたいに種を飛ばすわけにはいかないでしょ。こんなところに植えるわけもないし、ちょっと不思議だね、きみは」

風が吹いて、薔薇が揺れた。

比呂は唇を閉じて、その場を後にした。

薔薇は逞しい。雑草の強さを具《そな》えている。

そう気が付いたから、今は、けっこう好きだ。

母が丹精した大輪のものより、びっしりと花を付けた白い蔓性《つるせい》のものより、亀裂に咲いた赤薔薇の方がいいなとは思うけれど。

「ただいま」

玄関のドアを開ける。

胸に手をやる。

手のひらに、いつもよりやや早い鼓動が伝わってきた。

大丈夫だ、大丈夫。あたしは落ち着いている。慌《あわ》てても、取り乱してもいない。あたしは、しっかりしている。

呪文《じゅもん》のように唱える。

これは独り言なんかじゃない。一種の儀式だ。自分を保つための大事な儀式なんだ。

大丈夫だ、大丈夫。あたしは落ち着いている……。

「愛衣」

リビングから、母が飛び出してきた。

比呂を認め、肩を落とす。

「母さん、お姉ちゃんは？」

頭を横に振る。この一年あまりで、急に白髪が目立つようになった。量が増えたのもあるだろうが、以前は月に一度はきちんと行っていた美容室から足が遠のいて、手入れを怠っているからだと思う。たぶん、母は人の集うどんな場にも出て行きたくはないのだろう。行って「娘さん、どうしてる？」と尋ねられるのが怖いのだ。ガーデニングに熱心なのも、草木や石は何も問うてこないから、かもしれない。

「今、お父さんが捜してるけど……何の連絡もないの」

スマホが入っているのだろうエプロンのポケットを母は、そっと押さえた。その仕草にも老いが滲む。

「警察へは」

「……まだ。さっきまでいたのは確かなんだから、捜したら見つかるんじゃないかって、父さんが……」

「そんな呑気《のんき》な。お姉ちゃんのこと考えたら、警察に連絡しといた方がいいよ」

「わかってるわよ」

母がこぶしを握る。こぶしは細かく震えていた。

「あんたに言われなくても、それくらいわかってる。わたしは母親なんだからね。でも、でも……今年に入ってから、もう三度目、なんだもの。警察も、本気になってくれないのよ。ああまたか、みたいな言い方されて……」

母の身体が揺れた。足が縺《もつ》れ、倒れそうになる。

「危ない」

両腕を伸ばして、崩れそうな身体を支える。

「比呂」

母がか細い声で呼んだ。

「ごめんね。ほんとにごめん」

「何の話？　何を謝ってるの」

「スマホにまで連絡して。早く帰ってきて、なんて言ってごめん。迷惑、かけてるね」

「迷惑なわけないでしょ。何言ってんのよ」

「だって、だって……」

　母が肩を揺する。束《つか》の間《ま》だが、瘧《おこり》のように全身を震わせた。

「だって、どうしようもなかったの。怖くて、怖くて……。愛衣、ほんの一時間ほど前にはいたのよ。人の動く気配がしてたから。夕食は愛衣の好きなコロッケ作ってやろうって思って。ほら、愛衣、コロッケ大好物でしょ。でも、ニンニクも玉葱《たまねぎ》も切らしてて……。だから、買い物に行ったの。キャベツや豆腐も欲しかったし」

「うん」

「買い物から帰ってみたら、愛衣がいなくて。ドアを叩《たた》いても、叩いても返事がなくて、ドアに、いつもみたいに鍵《かぎ》がかかってなくて……。部屋には誰もいなかったのよ。その代わりみたいにこれが……」

　母が白い封筒を比呂の鼻先に突き出す。比呂は、黙って受け取った。封筒の中には一枚だけ便箋《びんせん》が入っていた。つるつるした手触りの高級そうな紙だ。その紙に一行だ

け、黒のマジックで、

さようなら。もう捜さなくて、いいよ。ほんとにありがとう。

と記されていた。

これ、遺書？

飛び出そうとした一言を辛うじて、抑え込む。

「慌てて近所を捜して……。でも見つからなくて、すぐにお父さんに連絡とって帰ってきてもらったの。ねえ、比呂。どうしたらいいのかしら。どうしたら、お姉ちゃん、帰ってきてくれるかしら。もう、お母さん、わからなくて、ほんとにわからなくて」

母の双眸《そうぼう》から涙が零《こぼ》れた。

「あたしも捜してみる」

そう告げる。母の涙のせいではない。こんなときに泣いちゃいけないとわかっているからだ。泣いて解決することなんて、何にも無いのだ。姉の手紙を握り込む。濁った音がした。不穏な音だ。耳にどろりと滴《したた》ってくる。

部屋に駆け込むと、Ｔシャツとジーンズに着がえる。スマホと財布をポケットに突っ込んで、比呂は家を出た。

「連絡して」

母が悲鳴に近い声をたてる。

「お願い、比呂。電話ちょうだい」

どんな些《さ》細《さい》なことでも、今の状況を伝えて。

母は娘に縋《すが》り、訴えている。

姉がふらりと帰ってくる可能性は皆無じゃない。母は家に待機し、姉を迎え入れる役目だ。一番、疲れる役ではないか。

比呂はため息を吐いてしまった。

「お姉ちゃん」

薔薇の香りを吸い込む。

顔を上げる。

負けるもんか。敗れるもんか。お姉ちゃんが負けたとしても、あたしは絶対に敗者にはならない。

背筋を伸ばし、比呂はさっき帰ってきたばかりの道を駆ける。

六　風の通り道

ポケットの中でスマホが振動する。

ぶるぶると震える。

それがジーンズを通して、比呂の肉体に伝わってくる。とっくに慣れっこになっているはずの感触に、息が詰まった。一瞬だが、心臓が縮んだ。喉が閊《つか》える。

苦しい。

ぶるぶるぶる。

ぶるぶるぶる。

比呂は唇を噛み締めた。

馬鹿じゃないの。これくらいで、ビビってどうすんのよ。

「止めてください」

唐突に、ほとんど不意打ちのように声が聞こえた。耳にではなく、頭の中で響いたのだ。

「止めてください。触らないで！」

鈴美の声だった。満員電車の中、男に向かって精一杯叫んでいた。細いけれど確かな抗議だ。その僅か前に、比呂は男の手が鈴美に触れているのを見た。声を掛けようとした矢先の叫びだ。

大柄な男が一瞬怯《ひる》んだ。思わぬ反撃に怖《お》じけたのだ。その怖じ気はすぐに荒々しい怒気に変わった。男のこめかみに青く筋が浮いたのも比呂は見ていた。顔全部がくしゃと音を立てて、歪んだみたいだった。

その形相のまま、男は鈴美をプラットフォームに引きずり出した。

危ないと、感じた。

男は明らかに威嚇しようとしている。華奢《きゃしゃ》な少女を力ずくで脅し、従わせようとしている。

気が付くと、二人の跡を追い掛けて電車を降りていた。

男が怒鳴る。過剰なほどの怒りを発散させていた。

ああ、この人は罪を犯したんだ。

確信できた。戸惑いではなく憤怒《ふんぬ》の表情を浮かべている。それが罪の証《あかし》だ。比呂はスマホを男に向けた。

あのときと同じスマホをポケットから取り出す。

「止めてください」

精一杯の抗議の声をもう一度、今度は自分の意思で思い返す。

ぎりぎりで踏ん張っていた。

必死に戦っていた。

鈴美の姿が声と一緒によみがえってくる。

そうだ、負けてなんかいられないんだ。

スマホの画面には『父』の一文字が浮かんでいる。比呂は、耳に押し当てた。冷たい。スマホってこんなに冷たかっただろうか。

「もしもし」

「比呂か」

「うん」

「今、どこだ」

「家を出たとこ。父さんは？」

「駅前のショッピングモールだ」

ざわめきが聞こえる。軽快な音楽と店内放送が聞こえる。地域で最大の商業施設だ。百を超える店舗が入り、八階建ての建物の七階にはレストラン街と映画館がある。八階と屋上は駐車場だったはずだ。父がどの階にいるのか不明だ。賑やかな空気だけが流れてくる。

「愛衣、見つからなかった」

「駐車場は？」

前のときは、このショッピングモールの駐車場で母が姉を見つけた。明かりの届かない一隅に膝《ひざ》を抱えてしゃがんでいたそうだ。

「壁に背中を押し付けて、震えてたわ。名前、呼んでも顔も上げないで、まるで……透明なカプセルにもぐり込んでるみたいだった」

母はそう言った。誰に聞かせるつもりもない、ぼやけた物言いだった。二度目は駅と自宅との間にある公園に、姉はいた。植え込みの陰にやはりしゃがみ込んでいたのをパトロール中の警官に保護されたのだ。

「……捜した。いなかった」

父がため息を吐く。

疲れたよ、くたくただ。

言葉にならない言葉が伝わってくる。

父は隣市の設計事務所に建築士として勤めていた。仕事の内容は詳しくわからないが、住宅需要が高まったとかで多忙のようだ。週に一度か二度は深夜に帰宅することもある。その仕事を無理に打ち切り、当てどもなく娘を探している。

見つからない。

娘は遺書とも読めるメモを残している。「駐車場は？」と比呂は尋ねたけれど、父は一番に最上階に足を向けたはずだ。白いフェンスをよじ登る娘の姿を思い浮かべ、おののきながら。

見つからない。どこにいる。見つからない。どこに行った。

焦燥と不安と疲労と恐怖、失望と期待が交錯する。

「これから駅に行ってみる。そこで見つからなかったら、警察に届け出る」

「うん」

「三度目だからな。本気で動いてくれるかどうか心許《こころもと》ないが」

母とよく似た台詞《せりふ》を口にした後、父はまた、息を吐いた。それから、独り言のように呟《つぶや》く。

「こんなに賑《にぎ》やかなのにな。みんな、笑ってるのに……」

「父さん」

色彩と音と光に溢《あふ》れた風景の中で、父だけが灰色に褪《あ》せていく。

こんなに賑やかなのに……。

あっと声を上げそうになった。

「父さん、あたし川に行ってくる」

「川？　何で川なんかに」

「静かなんだ」

「静か？」

「うん。前にお姉ちゃんが言ってた。賑やかな所は駄目だって。音や声が斬《き》りつけてくるから、怖いって」

父が息を呑《の》み込む気配がした。

「そうか。比呂、行ってくれるか」

「うん」

「頼む。父さんは駅に回るから」

「うん」

「けど、用心しろよ。慌てるな。危ない場所には近づくな。無理をしたら駄目だぞ。

それから」

「わかってる」

スマホをまたポケットに戻す。

父さん、あたしはもう高校生だよ。小さな女の子じゃないんだよ。

胸の内で父に告げる。

先月、買い替えたばかりのスマホを手に、父は佇《たたず》んでいるだろう。

優しい人だ。叱《しか》られた記憶は皆無だ。姉も比呂も変わらず愛してくれた。偏重ということがない。いつでも、姉妹に同等の慈《いつく》しみを与えてくれた。

「おまえたちが生き甲斐《がい》だからな」

酒を飲まない父は、素面《しらふ》で、生真面目《きまじめ》な表情のまま、そんな言葉を口にした。

「父さんな、おまえたちのためならどんな苦労も厭《いと》わないぞ」

「家族は宝物だ。宝物を守るためなら頑張れるからな」

父に告げられるたびに、胸の底が疼くようになったのはいつからだろう。小学生のときは、素直に嬉しかった。こんなに大切に想われていると、誇らしかった。

その喜びや誇りが、苛立《いらだ》ちや重苦しさに変わっていく。

「ねえ、比呂。あたしたちって結構、幸せだよね」

愛衣が耳元で囁《ささや》いた。

これは、はっきり覚えている。

比呂の小学校卒業の日だった。駅前のレストランでお祝いをしてもらった。

十九歳の愛衣は、大都市にある有名私立大学に通っていた。妹の卒業祝いにあわせて、帰郷していたのだ。

「幸せ？」

比呂は姉を見上げた。比呂の背丈が伸びていくのは中学一年の夏を過ぎてからで、この時はまだ、愛衣の顔はかなり上にあった。

妹から見ても、愛らしい人だった。

整った顔立ちの美人ではないが、可憐《かれん》な風情《ふぜい》がある。少し垂れ気味の大きな目もふっくらした頬も唇も柔らかな印象を与える。だから、眩《まぶ》しい。そう、眩しいのだ。姉の可憐さも柔らかさも眩しい。眩しいけれど欲しいわけではなかった。

全《すべ》てを優しく包み込むような雰囲気は、今もこれから先も自分には無縁のものだと比呂なりに自覚していた。自分にないものを当たり前に身に纏《まと》っている姉を好きだと思う。でも、姉と同じになりたいとは思わない。どうしてだか思わない。

「お姉ちゃんみたいに優しくなりなさい」

母から事あるごとに言われていた。

「お姉ちゃんみたいに優しくて、素直で、誠実になりなさい。そしたら、みんなに可《か》愛《わい》がられるからね」と。確かに、姉を嫌う人はいなかった。同性から疎《うと》まれることもなかった。柔らかいけれど媚びない。自己主張もするけれど我儘《わがまま》は言わない。よく笑って、よく泣いて、豊かな感情を隠さない。それが愛衣への大概の評価だった。

「幸せって、何が？」

見上げたまま問う。

愛衣が首を傾《かし》げる。

「比呂は、そう思わないの」

逆に問い返されて、今度は比呂が首を傾《かたむ》けた。シアワセの意味がよくわからない。

愛衣がふっと微笑《ほほえ》んだ。

「今日の料理、美味しかったでしょ。比呂、いっぱい食べたもんね」

「うん」

中華レストランでの食事だった。口の中にデザートの甘さがまだ残っている。父が持ち込んだフルーツたっぷりのケーキだった。苺《いちご》やブルーベリーに囲まれて〝比呂、そつぎょうおめでとう〟のメッセージがチョコレートで記されていた。

料理は確かに、美味しかった。ケーキも美味しかった。

「卒業をちゃんと祝ってもらえて、みんなで美味しい料理を食べられて、それって幸せでしょ」

「あ、うん……だね」

あれ？　と、愛衣がまた首を傾げる。

「比呂はそう思わないの」

思わないわけじゃない。頭ではちゃんと、わかっている。姉の言う通り、家族に卒業を祝ってもらえる幸せ、美味しい料理を味わえる幸せ、ケーキまで用意してもらえる幸せが比呂の周りでふわふわ飛んでいる。でも、気持ちはそう浮き立たなかった。

卒業は淋《さび》しかったのだ。

比呂は自分が他人から好かれる性質ではないと自覚している。

「比呂さんは、一生懸命で努力家で頑張り屋さんです。でも、ちょっと頑なというか、自分の意見を曲げないところがあるでしょう。自分でこうと決めたら、とことん貫くみたいなところですね。そこが担任としては気にはなります。あえて言えばってところですが。わたし個人としては、そういうところを欠点だとは考えてないんです。むしろ、いつまでも今の比呂さんでいて欲しい気持ちもあります。でも、中学生になると何て言うか……周りに同調することを求められること、多くなりますからねえ。気になるってのはそういう意味でもあるんです」

小学校最後の懇談で担任からそう告げられた。

「何よ、あの先生。まるで比呂がどうしようもない頑固者で中学生になったら苦労するみたいな言い方して」

母は憤慨していたけれど、比呂にはすとんと胸に落ちた。「いつまでも今の比呂さんでいて欲しい気持ち」が嬉しかった。四十代半ばの女性の教師だったが、小柄なわりには豊かな声量があり、きびきびした話し方をした。じっくり生徒の話に耳を傾けてもくれた。

小学校の六年間で一番好きな教師だった。クラスでトラブルがおこるたびに、とことん生徒たちに話し合いをさせた。授業がホームルームの時間に変わることも珍しくなかった。とことん話し合って解決することも、しないこともあったけれど、うやむやにはならなかった。自分の気持ち、想いをしゃべる機会を与えられ、他人の心の内に耳を傾ける能力を養えた。

卒業は一番好きな教師と居心地のよいクラスとの別れだった。

「みんな、元気でね。いい、どんなときも精一杯考えて、思って、自分の考えや思ったことを言葉にするんだよ。自分に嘘《うそ》をつかないで、自分を誤魔化さないでしゃべるんだよ。すぐに手を出す人、暴力を振るう人、相手の話を聞こうとしない人は自分の言葉を持たない人だからね。みんなは先生の生徒なんだから、絶対に絶対にそんな下品で野蛮な大人になっちゃ駄目だよ。わかってるね。みんな、先生の生徒で……」

卒業式の後、最後のホームルームで担任は双眸を潤《うる》ませた。

比呂も涙が出た。

隣の少年も斜め前の席の少女も涙を流していた。

淋しかった。みんなと別れたくなかった。だから、卒業を言祝《ことほ》げない。「おめでとう」と言われ「ありがとう」と返せない。そんな気持ちが尾を引いていた。心がくすんでいた。

でも、父も母も祝いをするのが当然だと考えていたようだ。父は仕事を半日休み、レストランの予約をし、ケーキまで用意していた。微《かす》かな違和感を覚えた。一度でも尋ねてほしかった。「比呂、今夜、お祝いをしたいか」と。そしたら、どう答えたか……正直、わからない。わからないから、あれこれ考えたと思う。父や母の気遣いを蔑《ないがし》ろにはできない。せっかくこの日に合わせて帰郷してくれた姉にも報いたい。中華だって食べたい。

でも、心は浮き立たないよ。ちっとも、おめでたい気分になれない。割り切ったらいいのかな。割り切れるかな。どうして割り切れないんだろう。比呂なりに思いあぐね、それでも、いや、だからこそ自分の心の内を懸命にまさぐったはずだ。〝精一杯考え〟たはずだ。でも、だれも問うてはくれなかった。比呂の想いに心を馳《は》せてくれなかった。

そこに引っ掛かる。

今日は幸せだったと言い切れない。そして、少し重い。

両親の愛情が重い。一方的に押し付けないでと叫びたくなる。

あたしはいつまでも、お父さんの宝物ではいられないよ。あたしのために頑張ってるなんて言わないで。自分のために頑張ってよ。

曲がってるのかな。

自分の性根はひねくれて、姉のように素直に善意や愛を受け取れないのだろうか。十二歳の春に芽吹いた違和感や自分への疑念は、今もまだ胸の奥にある。一生、消えない気もする。

わからない。

姉があのときのように、幸せを口にするときがあるのか。柔らかく笑える日が帰ってくるのか、それもわからない。

わかっているのは、姉を捜し出さなければならないということだけだ。それだけは確かだった。

お姉ちゃん。

生きててよ。死んだりしたら、ほんとに負けちゃうよ。

負けないで、負けないで、負けないで、負けないで。

負けたくない、負けたくない、負けたくない、負けたくない。

あたしは負けたくない。

お姉ちゃんを死なせたりしない。殺させたりしない。

あたしは負けないんだ。

比呂は走った。

住宅街を抜け、一車線の道路に出る。幹線道路に繋《つな》がる道だ。

自転車に乗ってくればよかった。

ちらりと思ったが、引き返す時間が惜しい。そのまま足を速める。

この時季、日は長く光は剛力で、闇《やみ》はなかなか地を包み込めずにいる。暮れなずむ空には燕《つばめ》たちが飛び交い、鳴き交わしていた。竹林の暗さも切り取られた空も、ここにはない。紛《まが》い物《もの》じみた明るい風景が広がっているだけだ。

幹線道路に出た。二車線の道路を突っ切って、細い枝道に入り、真《ま》っ直《す》ぐにいけば川土手だ。河原の一部は整備されて、河岸《かし》公園となっている。比呂が小学生のころはまだ、葦《あし》と芒《すすき》の茂る場所だった。川はとっくに遊泳禁止になっていたけれど、まだ、清流の趣があった。水量が多く、澄んで、陽光を受けて水面《みなも》がきらめいていた。丈の高い茂みを掻《か》き分けて前に進む。風が吹くと、かさかさと乾いた音が響いた。その音は空から降ってくるようにも、地から湧《わ》いてくるようにも感じられた。身体《からだ》が浮遊するような感覚もした。怖いのに甘やかだった。未知のどこかに連れさられるような恐怖と甘美だ。その感情に揺すられながら前へ進む。葦の茂みが切れ、目の前に川が現れる。水のきらめきが目を射る。比呂の中に飛び込んでくる。世界が反転する。

音が拡散していく。

天に吸い込まれ、流れに融《と》けていく。

あの風景を誰と見たのだろう。誰と茂みの中に入り、川縁まで歩いたのだろう。

姉かもしれない。

川面《かわも》を見詰めていたとき、誰かと手を繋いでいた。比呂より一回り大きな手だった。

でも指は細くて滑らかだった。

お姉ちゃん。

パパーッ、パパパーッ。

クラクションの音がぶつかってきた。ほとんど同時に、直ぐ前を白い乗用車が過《よぎ》り、急ブレーキをかける。甲高い機械音が鼓膜に突き刺さる。

とっさに飛び退《しさ》ろうとして足が縺れた。尻餅《しりもち》をつく格好で、歩道脇《わき》の草むらに転がる。痛みが身体を突き抜けた。束の間だが、全身が痺《しび》れる。

「急に飛び出して、死にたいんか」

乗用車の運転席から男が降りてきて、怒鳴りつける。

これは怒鳴られてもしかたない。

「……すみません」

痛みをこらえ何とか立ち上がると、比呂は男に向かって頭を下げた。手のひらの皮がむけて、血が滲《にじ》んでいる。

「すみませんでした」

二、三歩、男に近づき、さっきよりも深く低頭した。

死にたいんか。

男の一言が急ブレーキの音より鋭く、耳を貫く。比呂は奥歯を嚙《か》み締めた。

死にたくなんかない。死んだりしちゃ駄目だ。

「ぼんやりしてました。ごめんなさい」

「大丈夫なんか」

思いがけない問いかけをされた。

「え？」

「ひどく転んだろう。怪我《けが》とかしてないんか」

比呂は顔を上げ、男を見詰めた。

かなりの年配だ。ごま塩頭でよく日に焼けている。口調に微かな訛《なま》りがあった。

「はい、平気です」

「どっか、打ったんか。頭は大丈夫か」

「……お尻を少しだけ、頭は打ってません」

「そうか。ほなら、よかったな」

男がほっと息を吐いた。安堵の吐息だった。

「すみません、ほんとうに」

「謝らんでええけどな。けど、危ないで。小さい子ぉやあるまいし、左右も確認せずにいきなり飛び出てくるなんて自殺行為だわな。ほんまのこと、肝っ玉が縮まってしもうた」

「すみません」

すみませんしか言えない。詫《わ》びるしかなかった。もう一歩前に踏み出していたら、男の車にぶつからないまでも間違いなく接触していた。人の生身と自動車だ。勝負にならない。今頃、歩道の上で血を流し呻《うめ》いていただろう。

背筋がうそ寒くなる。

用心しろよ。慌てるな。

父の忠告が生々しい。

ほんとだね、父さん。父さんの言う通りだった。あたし、幼稚園児とそう変わらないよ。

泣きたくなる。

「何かあったかね」

「は？」

「慌てて車道に飛び出すほど、急《せ》くことがあったんかね」

「あ……はい」

赤の他人だ。「いいえ」とかぶりを振ってもいいだろう。

姉が遺書を残して家出しました。こうしている間にも死に場所を探して彷徨《さまよ》ってるかもしれません。いいえ、もう死へと歩き出したかもしれないんです。あたしには時間がないんです。

そんなこと口が裂けても言えるわけがない。でも、誤魔化したくもなかった。本気で心配してくれる人に対し、嘘はつきたくない。だから頷《うなず》いた。

「急ぎの用があるなら、送っていったってもええけどな」

世話好きなのか、優しいのか、男の物言いは遠慮がちで押しつけがましさは微塵《みじん》も感じられなかった。

ありがとうございます。でも、いいです。大丈夫ですから。

そう断ろうとした。けれど、すぐに思い直す。

「川まで乗せてもらえますか」

頼んでから驚いた。見知らぬ相手に無防備に頼っている。自分で自分が信じられなかった。

男が首を傾げる。

「川？　そこの手鞠《てまり》川かい？」

「はい。古い橋の袂《たもと》まで」

「そりゃあええけど。日が暮れるってのに、川かい。まあ、ええけどな。急いどるんやな」

「はい」

「ほな、早く乗りな」

男は敏捷《びんしょう》な身ごなしで運転席に滑り込んだ。比呂も後に続く。男は車をＵターンさせて、枝道へと乗り入れた。比呂が走るより確実に数分は所要時間が短縮する。

男は無言のまま、水田に挟まれた道の先を睨《にら》みつけていた。川土手に出て、一、二分西へ走ると、地元の人から手鞠橋と呼ばれている橋に着く。可愛らしい名前だが、どこといって特徴のないコンクリート製の橋だ。古くもある。五年前、一キロほど下流に幹線道路に直接繋がる新手鞠橋ができてから、交通量はぐんと減った。今も車どころか通行人の姿さえない。

「ここで、ええのんか」

「はい、ありがとうございました」

今度は感謝を伝えるために、お辞儀をする。

「いらんお節介かもしれんけど、あんたみたいに若い娘が何の用事やね。まさか……

変な気、起こしたらあかんぞ」

「はい。絶対に起こしません。あたし、生きてるの好きですから」

口にして驚いた。

あたし、生きてるの好きですから。

そんな一言をすらっと口にするなんて、驚いてしまう。

あたし、生きているのが好きなの。死ぬのが怖いわけじゃなくて、生きているのがとても好きなのよ。だから、ずっと生きるの。死ぬなんてもったいない真似《まね》、するもんですか。

陽気な雌鶏《めんどり》の言葉だ。雛《ひな》を狙《ねら》って襲《おそ》ってきた大鴉《おおがらす》と命懸けで闘った後、傷だらけで喘《あえ》ぎながらの台詞だった。

『森の王国』で一番好きな場面だ。読んだとき、ちょっと息を呑んだ。心に刻まれたと感じた。そんな物語、そんな台詞を書ける鈴美をすごいなと本気で感心した。でも、まさかここで浮かんでくるなんて思いもしなかった。

「そっか。まあ、ねえちゃん、しっかりした顔しとるから余計な心配せんでもええかな。いや、ちょっと、もしかしたら……車に飛び込んできたんじゃないかなんて、ちらっと疑ったもんで。けどまあ、思い違いだな。うん、じゃあ。今度からはちゃんと左右確認やで」

男が笑う。

「はい。気を付けます。ほんとに、あの」

「ええから、ええから。娘っ子に謝られるのもお礼言われるのも、何か照れてまうわ。尻がむずむずする。じゃあな」

嘘ではないのだろう。男はそそくさと車に乗り込み、去っていった。一礼し、比呂は河原へと降りた。この辺りにはまだ葦や芒が茂っている。葦は大群落を形成していた。稈《かん》も葉もこれから勢いをつけて伸びようとしている。青い草の香りが鼻孔に流れ込んできた。河原に立つ。辺りを見回す。耳を澄ます。

静かだ。

早瀬の水音がはっきりと聞こえる。風に揺れる草の音も聞こえる。静かで、その静寂と関わりがあるのかないのか、薄闇が溜《た》まり始めている。

「お姉ちゃん」

呼んでみる。

「お姉ちゃん、いるよね」

　自分を励ますために、声を大きくする。

　一月も前になるだろう。

「賑やかな所は嫌いなの。怖いの。人がたくさんいるのが嫌。怖くてたまらない」

　愛衣が震えながら言った。久々に部屋から出て来たときだ。リビングのテレビがついていて、ハリウッドの有名俳優が新作映画の宣伝のため、羽田に降り立ったというニュースが流れていた。世界的に大ヒットしたシリーズで主役を務める俳優を、一目見ようと大勢のファンが詰めかけている。大半が二十代、三十代の若い女性たちだったが中年と思《おぼ》しき男性もかなりの数、交ざっていた。そちらは、あるいは大抜擢《だいばってき》でヒロインの座を射止めた新人女優が目当なのかもしれない。アメリカ国旗を振り、口々に叫び、悲鳴を上げ、花束を渡そうと必死になる。そんな映像を目にしたとたん、愛衣は両耳を押さえ、しゃがみ込んでしまった。

「嫌だ、怖い。怖い、怖い」

「愛衣」

　母が慌ててテレビの電源をきり、愛衣の肩を抱いた。

「どうしたの。もう大丈夫。テレビ消したからね。もう怖くないでしょ。静かになったでしょ」

「いや、怖い。みんなが……あんなにたくさんの人がわたしのこと嗤《わら》ってる。怒ってる。『おまえ、ほんとに馬鹿《ばか》だね』と悪口言ってる」

「愛衣、愛衣。落ち着いて。だれもあんたのこと悪く言ってないよ」

「嗤ってる。馬鹿にしてる。クズだって、馬鹿だって……嫌、もう、許して」

愛衣は母を突き飛ばし、腕を振り払い、階段を駆け上がり部屋にこもったのだ。まるで籠城《ろうじょう》みたいだ。それまでは時折は部屋から出てきて、短いながらも家族と会話を交わしていたのに。「お姉ちゃん、いい天気だよ」「……ほんとだ」「明日から雨だって。しかも、かなり強烈なやつがくるらしい」「そうなの……、強力なんだね」「うん」「愛衣、比呂、プリン食べる？　風香《ふうか》堂《どう》の特製だよ」「あっ、いただきます」「愛衣は？」「ちょっとだけ、もらう」。だから油断していた。徐々に快方に向かっていく証ではと、母は期待していたようだ。その期待が崩れてしまう。

愛衣は部屋からほとんど出てこなくなり、食事の量も極端に減った。数日前、やっと顔を合わせた姉は痩《や》せて、目が落ちくぼみ、哀れなほど老《ふ》け込んでいた。そして、父と母が入院の相談をしていた矢先、家から消えた。

「お姉ちゃん、お姉ちゃん」

繰り返し呼ぶ。

力の限り叫びたかったけれど、大声は厳禁だ。愛衣を刺激する。刺激して痛みを与え、苦しめる。錯乱させることすらあった。

ここは静かだ。大声も怒鳴り声も罵《ば》倒《とう》も悪意を含んだ笑いもない。水と風の音に時折、鶺鴒《せきれい》の囀《さえず》りが交ざるだけだ。

「お姉ちゃん」

カサッ。葦が動いた。鳥が一羽、飛び立つ。それだけで葦原はまた、静まり返った。

比呂は息を吐き出した。

ここにはいないのだろうか。見当違いだったのだろうか。

お姉ちゃん……。

視線を巡らし、今度は息を詰めた。

橋の上に人影が見えた。

長い髪がゆらゆらと風に弄《もてあそ》ばれている。

手すりにもたれて、川面を覗《のぞ》き込んでいる。

愛衣だった。

愛衣は比呂には気が付いていない。妹だけでなく、周りの全てが目に入っていないのだ。
ただ、水面だけを見詰めている。
豊かな水量を誇る川は、愛衣の視線を吸い込み流れていた。
愛衣の身体が前に出る。
比呂は全力で土手を駆け上った。
橋はしだいに暗く、そして遠くなるようだった。

七　空に星を数える

その人が基茅くんだと、すぐに気が付いた。

基茅陽介《ようすけ》くんだ。幼稚園も小学校も同じところに通った。家が近くて、母親同士がわりに仲が良くて、公園や遊園地にしょっちゅう一緒に出かけていた。遊んだ記憶がはっきり残っている。

わたしは小さいときから人見知りが激しくて、見知らぬ人に触れられただけで泣いていたそうだ。母はよく、「鈴美と出かけると、ずっとわたしにしがみついて離れないの。あれには困ったわね」と苦笑交じりに語っていた。

今になって思うのだけれど、わたしは自分と誰かとの間合いを計るのも、取るのも下手なのだ。下手だと自覚している。だから、一歩、踏み出すのが怖い。とても勇気がいる。

高校生になった今も、人は苦手だ。正直、一人の方が楽だと思うことが度々ある。

高校でできた友人たち、八杉さんや金井さんや三木さんたちが嫌なわけじゃない。しゃべっていて楽しい。噴き出したり、わくわくしたりもする。でも、疲れることもある。自分がちゃんとしゃべれている自信がない。周りに合わせて適当に相槌《あいづち》を打ったり、わかったようなことを言ったりしているだけのときが多い。それが重なると、身体がずんと重くなる。リアルに重さを感じるのだ。

〝控え目でおっとりして、ちょっと天然入ってる女の子〟がわたしのキャラだ。それを演じていると、いつの間にか疲労が淀《よど》み、淀みが重石《おもし》になる。ちゃんと立っているのが辛《つら》い。しゃがみ込みそうになる。

みんな、軽やかなのに。重さなんて微塵も感じさせないのに。

どうして、わたしはこんなにも不細工で不器用なんだろう。自分で自分にうんざりしてしまう。

基茅くんは、わたしが緊張せずに話せる数少ない相手の一人だった。小さいときから、尖《とが》ったところが一つもなかった。大声をあげたり、わけもなく積み木を投げつけてきたり、ぶつかってきたり、他の男の子が普通にやってしまう乱暴さがなくて、傍にいると安心できた。基茅くんの周りだけ時間がゆったりと流れている。そんな感覚も持てた。でも小学校も高学年になると、ほとんど接点もなくなって、口をきく機会さえ稀《まれ》になった。廊下や校庭でたまに姿を見ても、わたしの方から目を逸《そ》らし、踵《きびす》を返した。

どうしてだか、よくわからない。

あの理科室の隅で聞いた話が原因だろうか。基茅くんが堀畑さんに告白したという話、ではなく、自分が他人を苛つかせてしまうと知ったことが、わたしをさらに臆病《おくびょう》にさせたのかもしれない。

中学一年の冬休み直前、基茅くんは隣の市に引っ越してしまって関わりは完全に切れた。

その基茅くんに、今日、ばったり出会ったのだ。

「佐戸さん」

後ろから声をかけられ振り向いたら、そこに基茅くんが立っていた。駅前の商店街で、だ。

商店街は全体的に古びていて、空き店舗が目立つ。でも、ここ数年、その空き店舗を利用して新たにお店をオープンさせる人が増えた。都会からＵターンやＩターンしてきた人々で、二十代前半の女性も中年の男性も初老のご夫婦もいる。ケーキ屋とかそこに併設された小さなカフェとかガラスの小物の店とかイタリアンレストランとか、洒落《しゃれ》た感じの店が並ぶようになったのだ。

そのおかげで、商店街は以前に比べると賑やかになった。ぶらぶら歩くだけで楽しい。わたしも以前は近道としてしか使わなかった通りをゆっくりした足取りで歩くようになった。

小物屋の前では、店先に設《しつら》えられた竹垣にたくさんのガラスの風鈴が飾られて、風が吹くたびに音を奏《かな》でている。〝鳴る〟ではなく〝奏でている〟と言いたいほど美しい音だ。風鈴そのものもかわいくて、すてきだった。一つとして同じ物はない。向日葵《ひまわり》が描かれた物、金魚の形をした物、淡いブルー一色の物。わたしはつい、足を止めてしまった。音に聞き惚《ほ》れ、光を微かに弾《はじ》く青の美しさに見惚《みと》れていた。

そのとき、声をかけられた。

「佐戸さん」

と。御蔵ではなく佐戸の苗字《みょうじ》を呼ばれたのだ。とっさに、返事ができなかった。〝御蔵鈴美〟になってまだ一年も経《た》っていないのに、わたしの耳は新しい名前にすっかり馴染《なじ》んでいたようだ。

「わ……、基茅くん」

陽ちゃんと言いそうになった。その一言を呑み込む。基茅くんは、もう〝陽ちゃん〟ではなかった。小学生の〝基茅くん〟でもなかった。目の前にいるのは、少年と大人の端境期《はざかいき》にいる基茅くんだった。

身体付きは華奢だが背丈は高い。顎《あご》にも頬にも眼差《まなざ》しにも肩にも指先にも少年の柔らかさを微かに留めてはいるけれど、大人の硬さと輪郭が目立つようになっていた。

「あれ？」

基茅くんが瞬《まばた》きする。驚いた表情だ。

「どうして、わかった？」

「え？　わかったって？　基茅くんでしょ」

基茅陽介くんだ。間違えようがない。

「そうだけど。おれ、ちょっと変わったから。昔のダチなんか、みんな、最初はわかんなくて、たいてい『え？　誰？』ってリアクションなんだよなあ。ひでえやつなんか、ガン無視して横を向いたりするもんな」

そこで基茅くんはにっと笑った。

あっ、陽ちゃんの笑顔だ。

一緒に遊んだり、お弁当を食べた小さな陽ちゃんの笑みを基茅くんはまだ、失《な》くしていなかった。

「変わった、かな」

わたしは首を傾げる。

基茅くんは髪を染めていた。耳朶《みみたぶ》が覗く程度の髪を脱色して金髪に変え、一部を鮮やかな赤に染めていたのだ。耳には右に三つ、左に二つのピアスが光っていた。左の一つは鎖状の物で、肩に届くほど長い。金色の鎖は基茅くんの動きに合わせて前後左右に揺れた。

中学の時は軟式テニス部に所属して日焼けしていた肌は、すっかり白くなっていたが、それはむしろ、わたしの記憶にある基茅くんの素の肌に近かった。

何の変哲もない黒いTシャツの下に、だぼっとしたズボンを穿《は》いて、黒いスニーカーを履いていた。スニーカーの先は傷《いた》んで、生地がほつれている。

「変わってない？」

基茅くんが尋ねてくる。笑みが消えて、ひどく強張《こわば》った表情になる。その表情の方がわたしには見覚えがなかった。

「うん。そんなに変わってないと思うけど……。すぐに、基茅くんだって、わかったから」

「おれも佐戸さんだって、すぐにわかった。全然、変わってなかったんで、逆にびっくり。おれ、ほらあそこにいたんだ」

基茅くんが指差した先はゲームセンターだった。ここからだと、大きな筒形のクレーンゲーム機が見える。わたしが中学に入学した春、オープンした店だ。最初は風紀が乱れるとかすぐに閉店してしまうとか、批判だの噂《うわさ》だのが飛びかったけれど、すぐに沈静化した。ゲームセンターは四年以上が経っても変わらずここにあり、営業を続けている。

「そしたら、佐戸さんがすっと通って。おれ、すぐに佐戸さんだってわかったんだよな。ほんと雰囲気とかも含めて、佐戸さん変わってないなあ」

わたしはわざと、眉《まゆ》を吊《つ》り上げて見せた。

「中学生のときと同じ？　なんか、ちょっと傷付く」

「あ、違う、違う」

基茅くんが右手を左右に振った。それに合わせたかのように、風鈴が鳴る。

リンリンリン。リンリンリン。

「傷付かなくていいから。悪い意味じゃ全然ないから」

「じゃ。どういう意味？」

「うーん、だからさ……大人っぽくはなってんだ。マジ、なってる。けど、芯《しん》のところはそのままって感じがして、うーんと、だからな、佐戸さんは佐戸さんのままだなって」

「わぁ苦しい。言い訳っぽいなあ」

「違うって、ほんとにそう思ったんだって。おれ、言い訳なんかしねえし」

基茅くんの唇が尖る。これは、幼い記憶に残っている表情だ。感情の穏やかな基茅くんが、時折見せる、すねた顔つきだった。

うん、やっぱり変わってない。

金髪にピアス。見た目は昔の姿とかけ離れたかもしれないけれど、基茅くんは基茅くんのままだ。それこそ、芯のところはそのままなんだ。

だから、こんな風に話せる。力まずに、臆さずに、からかったり笑ったり、本気でしゃべったりできる。

唐突に、ほんとうに唐突に菊池さんを思い出す。いや、思い出すというより、ぽかっと菊池さんが浮かんできたのだ。わたしの中から、浮かんできた。

どうしてだか、わからない。

どうしてここで、菊池さんが現れるんだろう。基茅くんとは何の関わりもないのに。共通するところなんて何一つ、ないのに。

商店街を風が吹き過ぎる。

リンリンリン。リンリンリン。

リーン、リーン、リーン、リーン。

チン、チン、チン、チン、チン、チン、チン、チン。

風鈴が一斉に鳴る。

形によるのだろうか、ガラスの質によるのだろうか、実に多様な音が入り交じる。

でも一つ一つの音はくっきりとして、決して融け合わない。風鈴ってこんなにも個性が強い鳴物なのか。

「あのね、基茅くん」

「うん」

「あたし、名前は変わっちゃったの」

「え？」

「親が離婚しちゃって、苗字が変わったの」

基茅くんの唇がもぞっと動いた。

「そうなんだ。知らなかった」

「だって、親の離婚したの、基茅くんが引っ越してからずっと後、あたしが高校生になってからだもの。知らないの当たり前だよ」

「そりゃそうだけど。なーんか、すごいな」

「すごいって？」

「さらっと『名前が変わった』って言われるの、何かすごくね？」

「どこが？　本当のことを言っただけだもの。ちっとも、すごくなんてないでしょ」

「そうかな。うーん、そうかなあ。けど、何かすげえって思っちゃうんだけど。佐戸さんの口調があっさりしてるからかなあ」

「あっさりしてたら、すごい？」

「じゃないか。女って、結構、不幸自慢みたいなの好きだろ。親が離婚したとか母親が病気だとかカレシに二股《ふたまた》かけられたとか、そういうの。あれ、二股カレシは不幸話にならないのかな。ともかく、すごい意味ありげにひそひそやってるよな」

「そういうの女子に対する偏見」

わたしは右手の人差し指を基茅くんの鼻先で回した。基茅くんの黒目がうろつく。

「偏見？　そうかなぁ。おれ女ってよくわかんねえし」

「そうなの？」

「そうだよ。やっぱ恋愛経験が足りねえのかな」

「正直だね。やっぱり昔と変ってないよ」

「だろ？　このまま正直爺《じい》さんになるのが目標」

あはは、とわたしは笑った。風鈴の音に紛れてしまったけれど、わたしにしては大きな笑い声だった。

自分でも驚いた。

暫《しばら》くぶりに逢《あ》った人を前に屈託なく笑っている。

不思議で、驚きだ。

また、何の前触れもなく、強く張り詰めた一声が、耳の底にこだました。

じゃあ、どうすればよかったのよ。

あの叫び。わたしの叫びだ。菊池さんに投げつけた声だ。

あたしはあなたみたいに強くないんだから。

まだ菊池さんの名前も知らないときだった。痴漢から救ってもらってお礼を言うつもりだったのに、怒りをぶつけてしまった。

名前も知らない他人に感情をさらす。怒りにしろ、悲しみにしろ、喜びにしろ、わたしには極めて珍しいことだ。たいていは、呑《の》み込んでしまう。喉《のど》に閊《つか》えようとする想《おも》いを無理やり呑み下す。呑み下せば、胸やけがして吐きそうになる。何度も繰り返すうちに、慣れて吐き気を覚えなくなったけれど。

だから、驚いた。自分で自分に驚いた。不思議に感じた。戸惑いもした。今もよく似た気分になっている。

菊池さんは緩みのないまっすぐな視線をわたしに向けていた。これから戦地に赴く兵士のように、硬くてまっすぐだった。基茅くんは笑っている。柔らかく、楽し気な眼差しでわたしを見ていた。

まるで違う二人なのに、わたしは基茅くんに菊池さんを重ねてしまう。

「今、何て苗字?」

基茅くんが問うてくる。それこそさらっと乾いた物言いだった。嗜好品《しこうひん》や趣味を尋ねるのと同じ調子だ。

「御蔵、御蔵鈴美になりました」

わたしもできるだけ軽く返事をする。そう難しくなかった。わりと自然に答えることができた。

「みくらってどんな字?　三つの倉?」

「ううん。〝御蔵入《おくら》り〟の御蔵で、御蔵」

あはっ。

基茅くんが首を縮めた。

「おもしろい説明だな。まさか、〝御蔵入り〟が出てくるとは思わなかった。まっ、ばっちりわかったけどな。御蔵鈴美、か。かなりいけてる名前なんじゃね？」

「そうかな」

風が吹く。

風鈴が音を立てる。

基茅くんは横を向いて、鈴美の鈴は風鈴の鈴だなと呟《つぶや》いた。そうだよと、わたしは答えた。

「じゃ、またな。おれ、ダチが待ってるから」

「うん」

わたしに背を向けて二、三歩行ってから、基茅くんは振り返った。

「あの、佐戸、じゃなくて、御蔵さん」

「はい」

「おれ、今、ばあちゃんの所にいるんだ」

「お祖母《ばあ》さんのところって、駅の近くの？」

「あれ、覚えてた」

「うん。ときどき、幼稚園のお迎えにきてたお祖母さんだよね。背が高くて優しそうな」

「そうそう。おふくろのおふくろ。今、そこにいるんだ。親父《おやじ》ともめちゃって、家に居辛くて。そしたら、ばあちゃんが、暫くここにいればいいって言ってくれたんで転がり込んだ。まっ、なんで……また、ちょくちょく逢えるかもな」

「うん」

「じゃ」

「さよなら」

ひらっと手を振って、基茅くんは駆け出した。もう振り返らなかった。黒いＴシャツの後姿は商店街を抜けて、わたしの視界から消えてしまう。

スマホの番号もラインのＩＤも交換しなかった。今さらそのことに気が付いた。わたしはいつも一歩遅れでないと考えが及ばない。

でも、基茅くんも尋ねなかった。連絡を取る取らないは別にして、相手の番号やＩＤを尋ねるのは、挨拶《あいさつ》するのと同じようなものだ。「初めまして」「これからもよろしく」「久しぶりだね」「こんにちは」。そんな言葉を交わす代わりにスマホを差し出す。

基茅くんは尋ねなかった。

何も聞かないまま、行ってしまった。

わたしはそっと胸を押さえる。

淋《さび》しくはない。むしろ、愉快だった。ほこほこと温《ぬく》くもある。

菊池さんに話したい。

思った。急に、でも、とても強く思った。

今日、わたしは基茅くんに逢ったことを、基茅くんのことを伝えたい。そして、もしかしたら、わたしはあの理科室での一事を話してしまうかもしれない。自分が他人にどう見られているか知ってしまった一事、しゃがんでいた床の冷たさ、響いてくる声、ホルマリンの匂《にお》い、縮こまった身体の痛み。そんなものをぽつぽつ話すんじゃないだろうか。菊池さんは何も言わないだろう。「たいへんだったね」も、「ちゃんと聞いてあげる」も言わない。ただ、黙って聞いてくれる。そして……そして、どうするだろうか。菊池さんなら、どんな言葉を渡してくれるだろう。

胸の奥が震える。菊池さんに関わることって、どうしてこんなにも唐突で強い振動をともなうのだろう。

わからない。わからない。本当にわからないことだらけだ。でも、温かい。

明日、菊池さんとちゃんと話をしてみよう。

わたしは頭上を見上げた。青い。空じゃなくてアーケードの色だ。もとは鮮やかな青だったものが、今は薄汚れ、色褪《あ》せて、灰色がかって見える。それでも、陽光を帯びて淡く光っていた。

その日、わたしは思い切って風鈴を一つ買った。ブルーが欲しかったけれど、千円以上の値段で手が出なかった。かわりに、四百円の値札の付いた朝顔の絵の物を購入した。

帰って、リビングの軒下に吊るす。小さな風鈴は思いがけない澄んだ音で鳴った。

それだけのことが、とても嬉《うれ》しかった。

「今日、菊池さん、お休みしてるよ」

長谷《はせ》さんが教えてくれた。長谷さんは同じ中学の出身だ。口をきいたことはほとんどないけれど、顔ぐらいは知っている。廊下から菊池さんを探していたわたしに、「どうしたの」と声を掛けてくれた。

四組の教室の中へ巡らせていた視線を、わたしは長谷さんのよく日に焼けた丸顔に移した。

「あ、あの、菊池さんに用事があったんだけど」

「今日、菊池さん、お休みしてるよ」

「え、お休み？」

病気？　でも、昨日は具合が悪そうではなかった。

「怪我したんだって」

「なんか右腕を骨折したとか、足を挫《くじ》いたとか聞いたけど」

長谷さんが右腕を軽く持ち上げる。

「ええっ」

驚いた。漫画みたいに天井付近まで一気に飛び上りそうだった。

「菊池さん、そんな大怪我、したの」

「うーん。どの程度の怪我か知らないけど。怪我をしたのは確かみたい。当分、お休みするみたいだけど」

捻挫《ねんざ》はともかく骨折となると、大怪我の部類だ。

「どうして、そんな怪我を？　事故か何か？」

どんな顔つきになっていたのだろう。長谷さんがちょっと身体を引いた。

「わかんないよ。名郷先生、詳しいこと言わなかったし。怪我の程度によるけど、もしかしたら今週一杯は休むかもしれないって、それくらい。まあ、命に関わるとかそんなんじゃないみたいよ」

　そこで、長谷さんは少しだけ目を細めた。

「えっと、あの……」

　口ごもる。

「ごめん。佐戸さん、今は何て苗字だったっけ」

「御蔵だよ」

「あ、そうか。ごめんね」

　長谷さんがどうして謝るのか、わたしは解《げ》せなかった。

「ちゃんと名前、覚えてなくて」

「あ、そのこと。いいよ、別に。覚えにくい名前だし」

　嫌々をするように、長谷さんが頭《かぶり》を振った。

「名前を覚えてもらえないのって、すごく嫌だもの。あたし……これ内緒なんだけど、バーガーショップでバイトしてるんだ。あ、ほんとに内緒にしといてね。ばれるとやばいから」

　吉川高校では、原則としてバイトは禁止されている。特に飲食関係の店で働くのは厳禁だ。長谷さんは、そのルールを破っていると告げたのだ。ちょっと鼓動が速まる。

「御蔵さんは、余計なことしゃべらない人だから。とっつきにくいけど信用できる」

長谷さんが早口でそう言った。

「そのバイト先のね、先輩と言うか、けっこうなオバサンで、きっと三十五、六ぐらいだと思うんだけど、浜内《はまうち》さんて人がいて、その人、あたしのこと一度も名前で呼んだことないの。『ちょっと』とか『バイトさん』とかしか呼ばないの。そーいうの、何か嫌じゃない。紙コップやトレイになったみたいで」

「あ、わかる」

ほとんど反射的に頷いていた。

長谷さんの言うこと、すごくわかる。相手の名前に興味をもたないのは、相手を軽んじているからだ。ちゃんと向き合おうと思ったら、その人の名前はとても大切なものになる。

「あたし、何度も『長谷です』って言ったの。でも、無視。やっぱり『ちょっと』とか『バイトさん』なんだよね。マジ、腹立つし。だから、あたしは逆に『浜内さん』を連発してやんの。『浜内さん、店内の清掃終わりました。次はパテを並べます、浜内さん。いいですか、浜内さん』みたいな感じ、やっちゃうの」

「知能犯だね」

「我ながら、ね」

長谷さんが肩を竦《すく》めた。

長谷さんて、おもしろい人だったんだ。そして、わたしのことを〝とっつきにくいけど信用できる〟者として、見ていた。

「御蔵さん、菊池さんと仲いいの」

「あたし？　ううん、そんなでもないよ。この前、知り合ったばかり」

正直に答える。

三日前まで、それこそ名前も知らなかった。三日前、菊池さんの名前を知って、菊池さんがわたしの書いた物語を読んでくれていたと知った。知らなかった。知った。そう、わたしは菊池さんを知った。もっと知りたい。もう少し菊池さんを知りたい。

「菊池さんて、よくわかんないんだよねえ」

長谷さんが声を潜めた。

「席、隣なんだけど、こっちが話しかけたら答えてくれるけど、向こうからはあんまりしゃべってこないし。それに姿勢がいいでしょ。こう、真《ま》っ直《す》ぐで」

長谷さんが、背筋を伸ばす。

「でれっとしたとこないから、余計にとっつきにくくて」

「菊池さんも、とっつきにくいんだ」

「そうだね。あたし、とっつきにくいか、いいかで分けちゃう人だからさ。でも、とっつきいい人ってあんまり信用できないの。浜内さんだって、どっちかってーと、とっつきいい方だもんね。店の上の人にすっごい可愛《かわい》がられてんの。まーあたし、マジきれそうになる」

チャイムが響いた。後五分で、午後の授業が始まる。

「あ、長話し過ぎた、ごめん、御蔵さん」

「ううん。ありがとう」

チャイムが尾を引いて消える。

わたしは、自分の教室に戻るために踵を返す。とたん、腕を掴《つか》まれた。それほどの力ではなかったが、あまりに急だったのでよろけそうになった。足を踏ん張って、何とか持ちこたえる。

「御蔵さん、菊池さんのお見舞いに行くつもり？」

わたしの腕を掴んだまま、長谷さんが尋ねてきた。

お見舞い？

考えてもいなかった。でも、気にはなる。どれ程の怪我なのだろう。菊池さん、どんな怪我をしたんだろう。気になってしかたない。お見舞いと称して、菊池さんの顔を見に行こうか。

「行くつもり。というか、行きたいと思ってる」

「そう……。あの、そしたら、ちゃんと見てきて。菊池さん、ほんとに怪我してるかどうか」

「は？　どういう意味」

長谷さんが制服のリボンを軽く引っ張る。それで、無理やり言葉を押し出したみたいに、ぼそぼそしゃべる。

「あたし、菊池さんにひどいこと言っちゃった。お姉さんのことで。すごい嫌なこと……」

口の中の唾《つば》を飲み下していた。

えっ、お姉ちゃんが！

スマホを耳に当てた菊池さんの顔が、みるみる強張った。

あの場面がよみがえる。

「菊池さんのお姉さん、ずっと家に閉じこもってるんだって。あの、だからさ、引きこもりってやつ」

長谷さんがわたしの腕を放した。

「これも浜内さんから聞いたんだ。浜内さん、菊池さんの近所なんだって。あたしに直接話したわけじゃないの。一緒におしゃべりなんかしないからね。休憩時間にパートさんたちと話してるのを聞いちゃったんだ。菊に池と書いて、きくいけと読む珍しい姓が近所にあるとか話してて、あたし『え？』と思ったんだ。それで、関係ない振りして聞き耳を立ててたら、きれいで頭が良くて、自慢の娘だった人が就職して間もなく、家にこもるようになって、すごく大変そうだとか……そんな話。それで、あたし、つい、菊池さんに聞いちゃったんだよね。『お姉さん、大丈夫なの』って」

長谷さんは、ふっと息を吐いた。

「菊池さん、何にも言わなかった。ちょっと眉を寄せたぐらい。でも家の中のことなんて、それが嫌なことならなおさら、口には出せないよね。あたし、興味本位で酷《ひど》いことを聞いちゃった。菊池さんが学校に来なくなったら、半分……三分の一ぐらいはあたしのせいかもしれない。それ、すごく嫌なんだ」

わたしは腕をさすった。さすりながら「大丈夫」と告げた。

「菊池さんは、本当に怪我《けが》をして登校できなかったんだと思う。長谷さんは関係ないでしょ」

「ほんと？　だといいけど」

長谷さんがまた、吐息を漏らした。

学校を休むことも、しゃがみ込むことも、ベッドの上でじっとしていることも、部屋で息を潜めていることも、時には必要だと思う。向かっていくのではなく、目を逸らし、逃げる。それが有効なときもある。そういう生き延び方もあるのだ。ただ、菊池さんはそのやり方を選ばない。そんな気がする。確信に近く思う。

菊池さんの生き延び方は別にある。

わたしは下校してから、家で私服に着替えた。半そでの白いカットソーにジーンズだ。ほとんど普段着だった。

昨日買った風鈴を箱に詰める。お見舞いの品にはそぐわないかもしれないが、この涼やかな澄んだ音を菊池さんに耳にしてもらいたかった。

わたしは、長谷さんに教えてもらった浜内さんとやらの、だいたいの住所を頼りに隣町に向かった。

八　思いがけない風景たち

菊池さんの家は、住宅街の外れにあった。

白く塗られた門扉《もんぴ》がさりげなく、こちらを拒んでいる……みたいに感じてしまう。

門扉はわたしの肩の高さぐらいで、首を伸ばせば中を窺《うかが》うことができた。我ながら怪しい行為だと自覚しつつ、ちょこっと覗き込んでみる。伸びあがった拍子に手提げの中で、風鈴が鳴った。チリンと一つだけ、か細い音をたてる。

風鈴に咎《とが》められたような気がした。

わたしは身を竦め、それでも視線を扉の向こうに投げる。

意外だった。

心臓の鼓動が速くなるほど意外だった。

すごくかわいくて、華やかな庭だったのだ。

わたしにはガーデニングなんてちっともわからない。あまり興味が持てないのだ。

母も同じで、たまに草取りをして、気紛《きまぐ》れに花の苗を植える程度だった。

菊池さんの家の庭は、そんなに広くないけれど色とりどりの花が咲いて、でも、野放図に咲き乱れているんじゃなくて、ちゃんと秩序だっていた。門の左右にはパンジーの群れがあって、白と紫と鮮やかな黄色、三色の色合いがすてきだった。門から数メートル先にはつる薔薇《ばら》のアーチが設けられ、薄ピンクの薔薇がぎっしりと花を付けていた。そこから玄関までは白い石畳が続いている。両側は同じ白い石で囲まれた花壇になっていて、これから花を付ける紫陽花《あじさい》やわたしが名前を知らないオレンジ色の花が風に揺れていた。

かわいくて、華やかだ。けれど、意外だった。

意外なほど、菊池さんにそぐわない庭だ。

竹林を思い出す。

駅から学校までの通学路、その途中にある竹林だ。昔、あのあたり一帯の大地主だった老人が戦後、没落して、あの竹林で割腹自殺しただの、三人連れで林を抜けると誰か一人が消えてしまうだの、都市伝説めいたうわさ話が絶えない場所だ。昼間でも薄暗いからだろうか。

でも、わたしは竹林が好きだ。竹という植物が好きだ。細いけれど、しなやかで、真っ直ぐに立っている。竹林を通り抜ける風には清々とした香りが染みている。そして、空が美しい。

菊池さんは竹に似ている。

色鮮やかな花じゃなくて、葉も茎も緑色の竹だ。自分勝手に感じていた。だから、今、目の前にある庭と菊池さんが妙にずれてしまう。違和感と言えば大げさだけれど、違うなあと呟きたくなる。

大きなお世話か。

わたしは軽く肩を竦めた。

他人の家の庭を覗いて、似合うだの似合わないだの、ほんと大きなお世話だ。

緊張してるんだ。

わたしは緊張すると、それを紛らわそうとして、あれこれどうでもいいことを考える癖がある。一種の逃げなのだろうか。

緊張してる？　逃げたい？　菊池さんから？

そんなことはない。ここで逃げるぐらいなら、初めから来たりしなかった。わたしは菊池さんに逢いに来た。

菊池さんに逢いたいのだ。

門柱にはめ込まれた表札の下に、インターフォンが付いている。押しボタンに指をかけたのとほぼ同時に、玄関のドアが開いた。

「御蔵さん」

菊池さんがドアノブを握ったまま、わたしを見ていた。

「あ……」

ほんの一瞬だったけれど、わたしはその場に棒立ちになってしまった。菊池さんの右頬のほとんどがガーゼに覆《おお》われていたのだ。ノブに添えられた手の甲にも包帯が巻かれている。

菊池さんは薔薇のアーチを潜《くぐ》り、わたしのところまでやってきた。急いでいるでも、ゆっくりでもない、いつもの足取りだった。

「びっくりした」

門扉を開けながら、菊池さんが言った。

「二階の窓からふっと外を見たら、御蔵さんがいるんだもの。びっくりしちゃった」

わたしは二階に目をやる。

出窓が付いていた。深い青色のカーテンがかかっている。飾りも模様もないカーテンだ。あそこが、菊池さんの部屋なのだろう。

「マジでびっくりして、階段降りるときに、一段踏み外しそうになった」

菊池さんは、そこでにっと笑った。目の下に薄く隈《くま》ができていた。その隈のせいなのか、ガーゼのせいなのか、笑っても晴れやかに見えない。

わたしは自分の胸を押さえた。

痛い。何だか胸の奥がちりちりと痛む。

「御蔵さん、どうしたの」

「え？」

「泣きそうな顔してるよ。何かあった？」

菊池さんがわたしを見下ろし、微《かす》かに眉を寄せた。眼差しにも口調にも戸惑いと、心配が滲《にじ》む。

わたしの方が気遣われているんだ。

わたしは、かぶりを振った。

「あたしね、お見舞いに来たの」

「お見舞い？　あたしの？」

「うん。今朝ね、四組に行ったの。菊池さんと話がしたくて。その……ものすごく特別なことがあったわけじゃないんだけど。そしたら、今日休んでるって、怪我して休んでるって聞いて気になったから」

わたしは自分でも歯《は》痒《がゆ》くなるほど、もたもたとしゃべった。

でもさ、佐戸さんってショージキ、しゃべりがもたもたし過ぎてうざいよね。何言ってんのか、わかんないもの。

五年前、クラスメイトたちに言われたときのままだ。

歯痒い。でも、焦《あせ》りはしなかった。

菊池さんなら待ってくれる。わたしのもたもたした話を急《せ》かしもせず、最後まで聞いてくれる。

甘えではなく、信じられた。

「それでね。あたし、えっと、菊池さんに話したいことがあって、けっこういろいろあって……。あの、あたしね、昨日、小さいときの知り合いに逢ったの。幼稚園も小学校も一緒で、でも中一のときに転校していっちゃった子なんだけど、偶然、商店街で声をかけられて、それこそびっくりしちゃった。それも話したいことの一つなんだけど……」

「うん」

菊池さんが頷《うなず》いた。扉を押して、大きく開け放した。

「入って」

「え？」

「門の前で立ち話をするのって、親ぐらいの年代じゃないとさまにならないよ。高校生にはハードル高過ぎる」

「あはっ、立ち話には年の功が必要か」

「すごく必要。だから入って。それに今、誰もいないんだ。一人で留守番してた」

だからよかったと、菊池さんは続けた。

「御蔵さんが来てくれて、よかった。何か……一人でいたくない気分だったんだ」

わたしは顔を上げ、菊池さんを真正面から見詰めた。

「一人、嫌いじゃないよね」

菊池さんは一人が似合う。

孤独とか一人ぼっちとかじゃなく、そんな言葉に当てはまらないところで、菊池さんは一人だ。

「うん」

菊池さんは、ゆっくりと首肯《しゅこう》した。

「嫌いじゃない。一人の時間って好きだよ。でも、今は嫌なんだ。一人でいたくないなって思ってた。思ってたら御蔵さんが門の所にいて、ほんとびっくりした。あたしのために、御蔵さん、現れてくれたのって」

「いや、それはない」

わたしは右手を左右に振った。

「あたし、エスパーじゃないし。菊池さんの気持ちをキャッチできる能力なんて、ないから」

「じゃ、偶然だ」

「そうだね、偶然だね」

わたしの菊池さんと話したい想い。菊池さんの一人でいたくない気持ち。それが、偶然に一致した。

「偶然って、それ、すごくない？」

菊池さんが真顔で言った。

「すごい。エスパーよりすごいかも」

わたしも真面目《まじめ》な面持ちで答える。

そのとき、菊池さんがすっと息を呑み込んだ。視線がわたしの肩越しに流れる。振り向くと、日傘をさした中年の女性と目が合う。赤いフレームの眼鏡をかけた女性は、わたしから菊池さん、正確には菊池さんの頬のガーゼに視線を移し、「こんにちは」とあいさつした。菊池さんが軽く会釈《えしゃく》する。

「こんにちは」

「どうしたの、それ？ 怪我したの？」

女性が日傘をくるりと回す。

「ええ、自転車で転んでしまって」

「まあまあ、それは大変。気を付けないとね。若い人って、すごいスピード出すでしょ。わたしなんか、何度もぶつかりそうになって肝を冷やしたわ。あれ、ほんと危ないわよねえ」

「そうですね。気を付けます」

菊池さんがわたしの肩に手を置いた。

「入って、御蔵さん」

「あ、うん。ありがとう」

菊池さんの前を通り、庭に足を踏み入れた。菊池さんが門扉を閉める。がしゃんと音がした。そのときにはもう、女性は日傘を回しながら歩き去ろうとしていた。

「うるさいんだ、あの人。ほんと、うるさい」

菊池さんが、息を吐き出す。やれやれという感じのため息だ。

「うちだけじゃないんだけど、他人の家のごたごたが好きで、やたらこっちを窺ってくるの」

「浜内さん、じゃないよね」

「え？　誰？　さっきの人は野瀬《のせ》さんだけど」

「あ、そうか。浜内さんじゃなかったのか」

「浜内さんて、知り合い？」

「ううん、会ったことない人。長谷さんのバイト先の先輩だって」

「長谷さんて、うちのクラスの長谷さん？」

「そう。長谷香《か》保《ほ》美《み》さん。同じ中学なんだ。菊池さんの怪我のこと教えてくれたのも長谷さん」

「そうなんだ。知らなかった」

何ということのない会話を交わす。どうでもいいような、でも、楽しいおしゃべりだ。おしゃべりを楽しいと感じる自分が少しくすぐったい。

「こっち、どうぞ。リビングなんだ」

菊池さんが黒っぽい木製のドアを押す。

広々とした気持ちのいい部屋だった。

壁は白の漆喰で、床は茶褐色の板張りになっている。対面式のキッチンと一間続きになっていて、キッチンの壁も白いけれど、光沢のあるつるんとした材質だった。

テーブルの上の花瓶には、黄色とピンクの薔薇が活《い》けられている。庭で咲いていた花だろうか。

「おしゃれだねえ」

棚の上のかわいい小物やレースのカーテンを眺め、わたしもため息を吐《つ》きそうになった。さっきの菊池さんのものとは、ずいぶんと意味合いの違う吐息だ。

リビングはきちんと片付いていて、どこもぴかぴかに磨かれている。隅々まで掃除が行き届いて、窓ガラスなんか鏡の代わりになりそうだ。汚すのが怖くなる。

「うちの母親、掃除が趣味なんだよね。というか、嫌なことがあると、それを忘れるために必死で掃除するの。雑巾《ぞうきん》を何枚も重ねておいて、次から次に使って。ずっと床を拭《ふ》いてたりする」

菊池さんの声が僅《わず》かだけれど重くなった。菊池さんのお母さんのことをわたしは知らない。話したことはもちろん、遠目で見たことさえない。

想像もできなかった。

でも、一心不乱に床を磨いている女の人がぼんやりとした影になって、頭の中に浮かぶ。その影が薄れて、顔だけが鮮明になる。

母の顔だった。

「うちもそうだよ」

菊池さんを見上げる。

「同じだよ、菊池さん」

菊池さんが瞬《まばた》きした。

この人の眸《ひとみ》はすごくきれいだな。

不意に感じた。白目と黒目のコントラストがくっきりしていて、眸に深さがある。吸い込まれそうだ。

「御蔵さんのお母さんも、掃除魔なわけ？」

「うちは料理だった」

「掃除じゃなくて、料理か」

「うん。父さんと離婚する前。毎日。何時間もかけて食事の支度、してた。出てくる料理もすごいの。和洋中、何でもありで。あの時期、あたし三キロも太った」

そうだ。今思い返せば、あれはきっと父との間がぎくしゃくし続けて、もうどうにも修復不能だと母が自覚したころと重なるのだろう。あのころはまだ、そこまで気づけなくて、わたしは毎夜、食卓を飾る多様な料理に戸惑っていた。

母は、ある日（それがいつか正確には思い出せない）を境にして、急に料理に凝り始めた。それまでは、かなり適当で、スーパーの総菜や冷凍食品が並ぶことも珍しくなかった。でも、味噌《みそ》汁《しる》だけは必ず手作りだったし、母が忙しいのはよくわかっていたので、わたしや父が文句を言うことはなかった。

「これは内緒だけど、餃子《ぎょうざ》は母さんの手作りより、冷凍のやつの方が美味《うま》いな。あ、ほんとに内緒だぞ」

父がわたしの耳に囁《ささや》いたのを覚えている。悪戯《いたずら》な子どものような眼つきだったことも。わたしがそうだねと本気で同意したのも覚えている。

母の餃子は肉が多すぎて後味があまりよくなかった。

父やわたしが伝えたわけではなかったが、料理に本気になってからも母は餃子を作ろうとはしなかった。でも、他の料理、鶏肉《とりにく》の包み揚げだとかブイヤベースだとか牛肉ロールの煮込みだとか海老《えび》としめじの釜飯《かまめし》だとか菊花豆腐のお澄ましだとか広東《カントン》風茶碗蒸《ちゃわんむ》しだとかは文句なく美味《おい》しかった。他の、わたしにはほとんど馴染《なじ》みのない、名前もわからない料理も含めて、どれも美味しかった。手が込んでいて、盛り付けも豪華で、家庭の夕食という雰囲気ではなかったけれど。

仕事から帰るとすぐ化粧を落とし、顔を洗い、エプロンを付けて、母は台所に立った。一分も休まなかった。

それまではしょっちゅう、床に足を投げ出して「あぁ、疲れた。むちゃくちゃ疲れた。もう、何にもしたくなーい。ほんと、もうやだやだ」と駄々っ子みたいな物言いをしたり、「今日は夕食作らない。ピザでも取っちゃおう」と堂々と手抜きを宣言したりしていたのに。

野菜を切り、出汁《だし》をとり、肉に下味を付けて、卵を混ぜる。

動きが止まらない。

母は真剣な眼差し《まなざし》で、包丁やフライパンを握っていた。

その眼つきにも佇《たたず》まいにも近寄り難いところがあって、わたしはただ見ているだけしかできなかった。「白菜ぐらい切るよ」、「洗い物、するから」なんて、気軽に申し出られなかった。母の全身から拒絶のオーラが発せられているみたいだった。気のせいと笑われてしまえばそれまでだけれど、誰も寄せ付けない力をわたしは確かに感じた。それは事実だ。

父さん？　父はどうだったんだろう。かくべつ褒めもせず、感想も述べず黙々と食べていた記憶がある。いや、そもそも、夕食を家でとることが年々少なくなっていて、あのころは、週に一、二度ぐらいしか一緒に食事をしていなかった。母の凝った料理は、ほとんど父の口には入らなかったのだ。

テーブルの上でラップをかけられたまま、どんどん冷めてどんどん不味《まず》そうになっていく料理を母はどんな気持ちで眺めていたのだろう。悲しかったのか、悔しかったのか、怒っていたのか、格別何も感じていなかったのか。

わたしは、今でも両親がどうして別れを選んだのかよくわからない。母自身も「よく、わからない」と正直に告げた。

ただ、父は料理や洗濯など家事のほとんどを妻が担《にな》っていることを、当たり前だと捉《とら》えていた。手抜き料理を責めはしなかったけれど、じゃあ、おれがやるとは言わなかった。わたしには「母さんの手伝いをしっかりして、助けてやれ。母さんも仕事と家事とで大変なんだからな」と命じはしたが、自分は洗濯物を干すことすらしなかった。しようにもできなかったのだろうか？

優しくて物静かで知的な人だったけれど、欠けている部分もけっこうあった。それが離婚の原因だと決めつける気はないが、小さな小さな一因ではあったかもしれない。

今、わたしは母と一週間交代で家事を分担している。今週は母が料理と洗濯、わたしが掃除とその他雑用（ゴミ出し、靴箱の整理、買い物等々、けっこうある）を担当した。来週は入れ替わりだ。

「鈴美が女の子でよかった。男の子なら、こうはいかなかったわ」

このところ、母がよく口にする台詞《せりふ》だ。わたしに対する気遣いなのだろうけれど、ちょっとひっかかってしまう。

母も父と同じだ。

女とか男とかの役割に囚《とら》われている。

窮屈な思考、窮屈な人たち。

母は嫌いじゃない。好きだ。でも、好きという感情とは別の所で、母の、そして父の考えを窮屈に感じてしまう。何気ない日常の中で、何気ない言葉によって、わたしは窮屈な場所に追い込まれる。そんな気がしてしまう。

嫌なことを忘れるために床を磨く菊池さんのお母さんは、どうなのだろう？　今いる所を狭くて苦しいとは思っていないのかな。

「逃げてるよね」

菊池さんが呟いた。

「え？」

「うちの親。嫌なこと忘れたくて掃除をしても、何にも変わんない。掃除が終わっても現実はそのまんまだもの。ただ逃げてるだけだよ」

「いいじゃない」

菊池さんの眉《まゆ》が僅かに持ち上がった。

「逃げてもいいよ。ほんのちょっとの間でも逃げていないと、現実に潰《つぶ》されるかもしれない。逃げられるなら逃げればいいと思う」

逃げ切れるのか、逃げ切れず現実と対峙《たいじ》するのか、逃げるのを止《や》めて向かい合うのか、人それぞれだ。

でも、逃げるのは恥じゃない。罪でもない。

菊池さんのお母さんは、何にも変わらない現実と戦うために床を磨いている、とは考えられないだろうか。

「うちの母親はやたら料理作ってたけど、その間に離婚を決めたみたい。そういうの要るのかも。どこかで気持ちを休ませないと、決断とか頑張ろうって気持ちとか出てこないんじゃないの」

菊池さんがすうっと息を吐いた。とても、静かな吐息だった。

「そういうもんかな」

「じゃないかと、あたしは思う。親見てて、そう思った」

そういうものかと、菊池さんは繰り返した。それから、オレンジジュース飲む？と、問うてきた。

「直接実を搾《しぼ》るから、百パーセント生の果汁だよ」

「あ、飲みたい。御馳走《ごちそう》してくれるの」

「一応、お客さまだから、もてなさないと」

「一応なんだ。まっ、しかたないよね。押しかけだし」

「そうそう。アポなしは事務所が許しませんね」

菊池さんは、わりに冗談を言う。

おもしろい。冗談がではなくて、菊池さんの意外な一面がおもしろい。

「御蔵さんて、おもしろいね」

菊池さんは冷蔵庫からオレンジを幾つか取り出し、手際《てぎわ》よく二つに切っている。

「あたしが、おもしろい……」

頭の中を見透かされたようで、思わず肩を窄《すぼ》めた。

「おもしろいって言われたの、これで二度目。しかも二度とも菊池さんだよ、他の人に言われたことない」

「そう？　おもしろいよ。いろんなことちゃんと考えてるし。あたし、親のこと、そんな風に見られなかったもの。そうかぁ……逃げるのも有りなのか」

菊池さんの唇から、また、息が漏れた。

「逃げてばっかりも駄目だけど、たまには、逃げたり、しゃがみ込んだり、負けたりもするの認めないと、とっても辛《つら》いというか……。違うかなぁ……」

語尾がへなへなと崩れて消えていく。

自分の言ったことに自信がない。責任を負えない。

「違わない」

菊池さんが断言する。わたしは伏せていた目を上げた。

「違わないよ、御蔵さん」

その口調がとてもきっぱりしていたから、わたしは知らぬ間に背筋を伸ばしていた。

「違ってたのは、あたしの方だ。何だかもう、周りの全部が悪いみたいな気分になってた。母親にも父親にも腹を立てて、悪い方にしか考えてなかった。だから……ありがとう」

どうしてお礼を言われるのかわからなくて、わたしは狼狽《うろた》える。狼狽えながら、身体《からだ》が熱くなる。とても嬉しい。わたしの存在を全部、祝ってもらったように嬉しい。頬が火照《ほて》っている。返事ができない。ありがとうって、こんなに熱を持つ言葉だったのか。

「お礼に、チョー美味しいジュース、ご馳走するから」

果物を搾る道具なのだろうか、長いレバーがついた奇妙な器械を、菊池さんはカウンターの上に置いた。

胴体部分の隙間《すきま》にオレンジを挟んで、レバーを押さえる。隙間が縮まってオレンジを潰す仕組みなのだ。果汁は外には零《こぼ》れず、筒状のプラスチックの口から流れ出て、グラスの中に溜《た》まっていく。そのあたりの仕組みは理解できない。でも、グラスの中の果汁は、鮮やかに美しかった。

「はい、どうぞ。キクイケスペシャルオレンジジュース」

「いただきます」

グラスを持ち上げただけで、柑橘《かんきつ》類の爽《さわ》やかな香りが漂った。

美味しい。

身体にオレンジの甘酸《あまず》っぱさと香りが染み込んでいく。

「すごく、美味しいね。これ」

「ね、搾りたてって最高でしょ。でも、あんまり飲めないの。味が濃すぎて、すぐ飽きちゃう」

「でも、美味しい。けど、ジューサーとかじゃなくて、搾る器械があるのってすごいね。よほど、生ジュースが好きなんだね」

「……お姉ちゃんがね」

「お姉さん？」

動悸《どうき》がした。

菊池さんのお姉さん、ずっと家に閉じこもってるんだって。あの、だからさ、引きこもりってやつ。

躊躇《ためら》いがちな口調とともに、長谷さんの声が耳の底に響いた。そこに、鼓動が重なる。わたしの心臓の音だ。

「うん。お姉ちゃんのために父親が買ったの。通販か何かで」

「そう……」

「お姉ちゃん、ほとんど固形物、食べないんだ。食べると吐いちゃう。ジュースとかスープとか牛乳とか。アイスクリームぐらいかな、液体じゃなくても食べられるの」

病気なの？　と、尋ねられなかった。不自然でも唐突でもない質問だけれど、尋ねられない。

わたしは唾を呑《の》み込み、俯《うつむ》いた。

唾はオレンジの香りがした。

「昨日も死にかけた」

キノウモシニカケタ。

一瞬、意味が理解できなくて、首を傾《かし》げてしまった。衝撃はその後にきた。息が詰まって、わたしは大きく口を開くしかなかった。

死にかけた？

菊池さんが、ゆっくりと首を横に振る。

「自分で死のうとした。橋から飛び降りようとしたんだ。その前は電車に飛び込もうとしたし、その前は手首を剃刀《かみそり》で切った」

菊池さんが、髪の毛に指を突っ込む。わしゃわしゃと掻《か》き乱す。

「もう、ほんと、いいかげんにしてほしい。これ以上、振り回されるのたまんないって、思う」

「菊池さん……」

「昨日、御蔵さんといたとき、電話あったでしょ」

「うん」

「あれ、母親からだった。お姉ちゃんがいなくなったから、すぐに帰ってきてくれって電話。母さん、このごろ、すごく気弱になっちゃって、いつもびくびくしてんの」

母親が母さんに変わる。

膝《ひざ》の上の手が震えていた。わたしもこぶしを握る。

「お姉ちゃんが死んじゃわないか、怖くてたまんないんだよ。わかってる。母さんも、父さんもぎりぎりなんだ。もう、いっぱいいっぱいなんだよ。それを必死に隠して、我慢して、普通の生活してますって顔して……、ほんとは二人とも疲れて、疲れ果てているくせに、外ではそんな素振り見せないように……うん、あたしにもできるだけ見せないようにしてんの」

「菊池さん」

わたしは立ち上がり、さらに強くこぶしを握った。

「いいよ。話さなくて、いいよ。無理しないで」

「無理なんかしてない」

菊池さんが、わたしを見上げてくる。睨《にら》みつけてくる。

「あたしはずっと、しゃべりたかった。あたしのことを聞いてもらいたかった。でも

「退院できそう？　お姉さんも怪我をしてるの」

「してる。でも、死ぬほどじゃない。怪我自体は」

「そうか」

安易に「よかったね」なんて言えない。

わたしは何も知らないのだ。

膝の上に手を重ねる。姿勢を正す。深く息を吸い、吐く。

背筋を伸ばしたまま、わたしは菊池さんの言葉を待った。

「……しゃべっても、いいの？」

菊池さんは頬のガーゼにそっと指をあてた。

「うん」

手を重ねたまま、わたしははっきりと頷いた。

……それって……」

菊池さんの横顔が歪《ゆが》んだ。どこかに強い痛みを抱えた人のように、歪んでしまう。

「それって、誰にしゃべればいいの？　その人にあたしを押し付けちゃうのって……できないよ。だから、黙っているよりしょうがないでしょ。でも……でも……」

菊池さんの顔は歪んだままだ。

たまらなかった。わたしには耐えられない。

菊池さんのこんな表情に耐えられない。破裂寸前の風船みたいに危うい菊池さんに耐えられない。菊池さんが苦しんでいることに耐えられない。

嫌だ、嫌だ、こんなの嫌だ。

「お姉さん、助かったんだよね」

腰を下ろし、唾を呑み込み、尋ねる。自分のものとは信じられないほど、掠《かす》れて低い声だった。でも、ちゃんと届いた。菊池さんが、微かに顎《あご》を上げたのだ。

「お姉さん、生きてるんでしょ」

「うん」

「今、病院？」

「うん、母さんが付き添ってる」

よくて、比呂が思いもつかない組み合わせをした。

「えっ、お姉ちゃん、このカーディガンとこのスカートを合わせる？　色の系統が全然、違うよ」

「ふふ、そうなんだけどね。カーディガンの下に、こっちのブラウスをもってきて、スカートと合わせると……」

「おっ」

「ね、すごくしっくりくるでしょ」

「ほんとだ。詐欺《さぎ》みたい」

「ちょっと、比呂。詐欺はないでしょ。手品とか魔法って言ってよね」

そんな会話を交わした記憶。

あれは、いつのことだったろう。百年も昔に思えるけれど。

今の愛衣に、ほとんど色はない。灰色のスウェットと黒のジャージ。どちらかしか身に付けない。部屋にこもるようになってから、めったに風呂《ふろ》にも入らなくなった。そのくせ、髪だけは手入れを怠らなかった。真夜中に、濡《ぬ》れたタオルを十枚以上使って拭くのだ。毎朝、愛衣の部屋の前には、タオルが山積みされていた。オレンジ色のプラスチックのトレイに濡れたまま置かれている。

九　雲間の空色

愛衣が手すりから身を乗り出した。

長い髪が背中で揺れる。

黒い髪も灰色のスウェットも痩《や》せた身体も、容易《たやす》く闇《やみ》に融けてしまう。いや、呑み込まれてしまう。

暮れかけたとはいえ、まだ日は十分に残り、夜は脇《わき》に押しやられたままだ。

それなのに、暗い。

手鞠橋の上だけ光が届いていないみたいだ。

まさか、そんなはずない。

比呂は目を凝らす。

褪《あ》せた灰色の背中を見詰める。

愛衣はおしゃれだった。ファッションセンスというか色を組み合わせる勘がすごく

「それで引き返してきてくれたんですか」

「まあな。そしたら、あんたがえらい勢いで走りよるし、橋の上じゃ、こっちの人が」愛衣に向けて顎をしゃくり、男は唾《つば》を呑み込んだ。

「その、何かえらいことになっとるし……、車から降りてちゃ間に合わんて思うたら、とっさにクラクション鳴らしとった」

そこで、もう一度唾を呑み込む。

「まあ大事ないなら、えかった。あんたのお節介はほとんど病気だって、いっつも女房に呆《あき》れられとるけど、今回はまあ、ほんま、えかったで」

「あの……ありがとうございました」

比呂は立ち上がり、感謝の言葉を口にした。

もっと早く伝えなければならなかったのだ。命を救ってもらった。姉と自分の二人分の。

――どうも気になってな。

それだけのことで、わざわざ引き返してくれた。ライトとクラクションで愛衣の動きを止めてくれた。車から飛び出し比呂の手を引っ張ってくれた。

この人がいなかったら、どうなっていた？

背筋が冷えていく。今更ながら、心臓が鳴る。

どくどくどくどく、どくどくどくどく。

「あの、本当にありがとうございます」

「ええよ、ええよ。お節介な性分もときには幸いするって、女房に言うてやれるで。それだけで十分や。で、どうする？　救急車、呼ばんでええんやな。なんなら家まで送っていくけど」

男の視線が愛衣に注がれる。

愛衣はしゃがみこんで俯いていた。長い髪が邪魔をして、表情まで窺《うかが》えない。

「……お姉ちゃん」

愛衣の前に膝をついたとたん、膝に鋭い痛みが走った。かなり擦りむいているみたいだ。

ジーンズをはいていて、よかった。スカートだったら擦り傷じゃ済まなかったかも。

一瞬、そんなことを考えた。

「もうちょっとかわいらしい格好したら」。母によく言われていた。咎《とが》めるのではなく、何とも困ったなという顔つきと口振りだった。

「女の子なのに、いつもジーンズにTシャツって、どうなの？　つまらないでしょ」

「そんなことないけど」

「つまんないわよ。全然、女の子らしくないじゃない」

「そうかな」

「そうよ。比呂って、ほんと変わってんだから」

〝女の子らしくない〟と〝つまらない〟がどう結びつくのか、よくわからなかった。つまらないのは母なのか自分なのかもわからなかった。自分だとしたら、違う。母は誤解している。今まで、つまらないと感じたことは一度もないのだ。フリルやレースのふんだんについた、あるいは明るく柔らかな配色の〝かわいらしい格好〟がそんなに好きではなかったし、似合いもしない。その分、余計な飾りのついていないシャツやジーンズを身に着けると潔《いさぎよ》い雰囲気になる。すっきりと美しくなる。

　誰に言われたわけでもないが、一人でそう納得していた。でも今は雰囲気や見かけでなく、ジーンズをはいていてよかった。ジーンズの実用性に助けられたと思う。

　比呂は微かにかぶりを振った。

　着ているものなんか、どうだっていい。

　今、どうだっていいことを考えてしまう自分が不思議だった。

ここではないどこかへ、今ではないいつかへ、心は飛ばしたいのかもしれない。たとえば、母と服装についての、どうでもいい会話を交わしていられたころに。

「お姉ちゃん、立てる？」

膝を立て腰を浮かした姿勢で、愛衣の肩に手を置いた。とたん、振り払われる。そして、胸を衝《つ》かれた。愛衣の手のひらがどんとぶつかってきたのだ。

不意打ちだった。

腰を浮かせていたので、ひとたまりもなかった。

「うわっ」

比呂はもろに尻餅《しりもち》をついてしまった。

「邪魔しないで」

愛衣が怒鳴る。伸びるだけ伸びた前髪の間で、吊《つ》り上がった二つの眼がぎらついていた。

「お姉ちゃん……」

「どうして、みんな、あたしの邪魔をするの。あたしを苛《いじ》めるの。あたしが何をしたのよ。何でこんなに苛めるの。どうしたらいいのよ。どうすればよかったのよ。どうして、どうして」

愛衣が腕を振り回す。駄々をこねている子どもそのものだ。

「邪魔しないでよ。死なせてよ。楽になりたいんだから、死なせて。邪魔しないで。邪魔しないで。邪魔しないで」

ブツッ。

比呂の内側で何かが断ち切れた。断裁の音が響いた。

「もういいよ。邪魔なんかしない」

腰を上げ、こぶしを握りしめる。

「好きにしたらいい。もう、止めない」

愛衣が見上げてくる。頬がこけて、肌も唇も乾いていた。目の下にくっきりと隈《くま》ができている。

ものすごい年寄りに見えた。栄養不足なのだ。

このところ愛衣はほとんど固形物を受け付けなくなっていた。口にするのは液体か半液体だけだ。毎朝、母はオレンジを搾り、生ジュースを作る。父が購入した外国製の搾り器で。夜はスープだ。野菜と肉を煮込んだ汁を濾《こ》して、パセリのみじん切りを加える。昔から、姉の好物だった。それを毎日、こしらえる。

ジュースやスープを運ぶ母の目の下にも、隈ができていた。

姉と母は、そっくりの目をしている。

嫌悪《けんお》と怒りが絡《から》まり合い、疲労と苛立《いらだ》ちが縺《もつ》れて、名付けようのない感情に変わる。

苦く、重く、そのくせ熱い。

「こんなに心配してあげてんのに。いいよ、もう、お姉ちゃんなんか知らない。一切、構わないから。好きにすればいい」

愛衣は何も言わなかった。ただ、見上げているだけだ。

「みんなに、こんなにも迷惑かけてんのがわからないの。お姉ちゃんが死んだりしたら、周りがどんなに辛いか考えないの。自分のことしか考えてないの。もう、いいかげんにして」

いいかげんにして。

その一言を口にした刹那《せつな》、頭の中が痺《しび》れた。

いいかげんにして。

そうだ、あたし、ずっと言いたかったんだ。

お姉ちゃん、もういいかげんにして。もう、うんざりだよ。もう、嫌だよ。いいかげんにして。いいかげんに……。

愛衣と目が合う。一切の表情が消えていた。白く、平たい面の上に大小の黒い穴が穿《うが》たれている。目、鼻、口。

比呂は息を詰めた。

「あ……、お姉ちゃん、あたし……」

あたし、何を言ったんだろう。

いいかげんにして。

一切、構わないから。

好きにすればいい。

もういいよ。

自分の口にした一言、一言が頭の中でぐるぐる回る。回って、ぶつかって、火花を散らす。

いいかげんにして。

ずっと胸にわだかまっていた想《おも》いをぶつけた。内にこもっていたものを外に出した。一欠片《ひとかけら》の爽快感《そうかいかん》もない。

胸の内は軽くなるどころか、さらに淀《よど》みが深くなり、持ち重りがしてくるみたいだ。

黒い塊が渦巻いて大きくなる。重くなる。さらに黒くなる。

「ごめんなさい」

愛衣が両手をついて、その場にひれ伏した。

土下座だ。

「ごめんなさい。許して。ほんとうにごめんなさい。あたしが、あたしが……弱いから、何にもできないから……みんなに迷惑かけるの。わかってるの。でも、どうしたらいいのか、それがわからないの。あたしが悪いの。わかってるの。あたしが悪いの。あたしが駄目なの。あたしは、生きている価値なんてないの」

「お姉ちゃん、違うよ。違う。ごめん、あたし……ごめん」

「ごめんなさい。ごめんなさい。ごめんなさい」

愛衣の丸まった背中が震える。痙攣《けいれん》しているみたいだ。

「あの……、えっと、あの、送ろうか」

遠慮がちに声がかかる。

「あっ、ど、どうも」

狼狽える。男がいることをすっかり忘れていた。

「いや、その……、これもお節介なんやろうけど。もし、よかったら二人とも、えっと、あの……家まで送るけどな」

男は自分が罪を犯したように、身を縮めている。

「二人とも、その……早く、病院に行った方がええでな」

愛衣が飛び起きた。激しく、かぶりを振る。

「病院は嫌。あたしはどこにも行きたくない。なのに、父さんも母さんもあたしを家から追い出そうとしてる。あたしが邪魔だから、厄介者だからいらないって言ってるの。あたしが無能だから、要領が悪くて、覚えも悪くて使いものにならないから、もういらないって思ってるの」

「えっ？　あ、いや、そういう意味じゃなくての。えっと、怪我や、怪我。傷から黴《ばい》菌《きん》とか入ると大事《おおごと》やで」

男が慌てて、右手を振った。首も同時に振る。こんな場合でなかったら、噴き出すほど滑稽《こっけい》なしぐさだった。

「無能とか要領とか関係ないで。傷から黴菌が入ったら……あれや、ほら破傷風とかいう病気もあるやろ。おれの友だちは、剃刀で指切って、そのままにしといたら、そこが膿《う》んでなあ。それでも病院に行かなんだら、とうとう倒れてしもうて。えらい高い熱が出て、一時は危篤《きとく》や。もう駄目やから、会わせたい人がいたら呼べとか、そこまでになったんよなあ」

愛衣の口が止まる。比呂も男を見詰めた。

男の語る見も知らぬ誰かの生死のドラマに、愛衣も比呂も耳を傾けていた。愛衣はどうかわからないけれど、比呂は乱れ騒ぐ心がほんの少しだが、凪《な》いだ気がした。

「けど、その男、まあ運が強いというか命根性があったというか、何とか峠を越せてなあ。死なずにすんだんよ。けど、二月近く入院しとった。あれな、人間ってずっと寝とったら筋力、ものすごう衰えるんな。そのリハビリもかねて二カ月。えらいこっちゃで。おれが見舞いに行ったときは、だいぶ元気になって、奥さんに小言、言われてたわ。血ィがでるような怪我したら、絶対に病院に行かなあかんて。そいつがまた減らず口をたたく癖があって『蚊に刺されたかて、血が出る』なんて言いよってな。奥さんをさらに怒らせてしもうて。見舞いに行ったのに、夫婦喧嘩《げんか》の仲裁してしもうた。えっと、だから、病院で手当してもらい。それがええって。な、自分の身体は自分でかわいがってやらんとなあ」

男が息を吐き出す。

愛衣は何も答えなかった。顔を上げ、ぼんやりと空を見ている。

「ありがとうございます」

比呂はもう一度、礼を述べた。男の飄々《ひょうひょう》とした口振りが、興奮を冷ましてくれた。昂《たかぶ》った感情を冷やしてくれた。

ほっとする。

ありがたいと心底から思う。

こういうこともあるのだ。

まるで予想しなかった方角から、救いの手が差し伸べられる。こういうことも、稀《まれ》にあるのだ。

スマホが鳴った。

父からだった。

「……うん、お姉ちゃんいたよ、手鞠橋のところ。え？……うん、だいじょうぶだけど……。うん、うん、わかった。待ってる」

父は急《せ》いた、でも、安堵《あんど》の混じった声で、通話の終わりに「すぐに行くよ」と、告げた。比呂は泣きそうになった。早く来てと叫びそうになった。早くここに来て、お姉ちゃんを引き受けてよ、と。

息と一緒に叫びを呑み込む。

「あの、父が迎えに来てくれるそうです。あと、十分ぐらいで」

伝えると、男はそうかと二度、頷《うなず》いた。

「ほなら、おれはもうええな、帰るわ」

「ま、待ってください。あの、また、お礼に伺います。お名前と住所を教えていただけますか」

車の側で男は振り向き、ちらっと比呂を見た。

「あんた、幾つやったかな」

「は？」

「年や、年。大人の女には絶対に尋ねちゃいけんけど、若い子になら別にかまわんな」

「あ、はい。十七です」

「ほなら、高校生かや」

「はい、二年生です」

「そうか。十七にしちゃあしっかりしとるな。今時の高校生って、みんなガキばっかりかと思うてたけど、あんたみたいにしっかりしとる者もおるんやなあ」

「はあ……」

「けど、あんまりしっかりしとるのも、しんどくないか」

返答に詰まる。無言で男を見返してしまった。

「いやあ、また、つまらんこと言うてしもうたかな。けど、昔、ほんま昔な、あんたみたいなしっかりした女子《おなご》、知ってたんよ。頭のええ、しっかり者やったけどなあ。その子がな、どういう経緯だったか忘れたけど、おれに『いっつもしっかりしとくのって、ほんましんどいわ』って言うたことあってな。なんか、今、ふっとその子のこと思い出してしもうた」

男は苦笑にも照れ笑いにも見える笑みを浮かべた。

「べったり甘えて、ほにゃほにゃしとるやつも困りものやけど、しっかりしとるのは、しんどい。人間って、どうも厄介なもんやなあ」

比呂が答える前に、男はするりと車に乗り込み、そのままバックして方向転換すると去っていった。去り際《ぎわ》に一度だけ、クラクションを鳴らした。

比呂は赤いテールランプに向かって、深くお辞儀をした。

「それから、迎えに来た父親の車で家に帰ったの」

そこまで一気にしゃべって、菊池さんは息を吐き出した。

ほうっと音が聞こえた。

ため息の音をこんなにはっきりと聞いたのは、初めてかもしれない。母もよくため息を吐《つ》く人だ。「ため息はガス抜きになるの。だから、別に悪いものじゃないのよ」

なんて、言う。でも、母のため息と菊池さんのそれは、まるで音が違っていた。

名前も知らない小さな楽器の、微《かす》かな音色のようだ。耳の奥まで、ゆっくりと染《し》みてくる。嘆きとか心配とか諸々《もろもろ》のガスを抜く音とは別のもの、そんな感じがする。

「……それが昨日の話なんだ」

「いい人だね、そのおじさん」

「うん、むちゃくちゃいい人だった。命の恩人だよ。でも名前も住所も知らないままだから、お礼の言いようがないんだ」

「きっと、お礼とか言われるの嫌なんだよね」

「そうかな」

「そうだと思うよ」

「だとしたら、すてきな大人だな」

菊池さんの言葉に、わたしは相槌《あいづち》をうった。

ほんとうにお節介な人って、お礼とか感謝の言葉なんて求めないんじゃないだろうか。やむにやまれず他人に手を差し伸べてしまう。それで誰かがちょっとでも助かったり、楽になったり、嬉《うれ》しかったりすれば満足できる。

そういう人がお節介な人なんだ。何の根拠もないけれど、わたしは思った。もしそれなら、お節介な大人になりたいなとも思った。

「家に帰ってすぐ、そのおじさんの言う通りに病院に行って、あたしは傷の手当てをしてもらった。お姉ちゃんは、そのまま入院した。怪我はたいしたことないの。でも、ほとんど食べてないから、栄養失調になっちゃって、貧血が酷《ひど》いんだって」

「菊池さんは？　怪我はだいじょうぶなの」

「うん。たいしたことない。でも、膝の傷がわりに深くて、それで」

菊池さんは、スカートをつまんで少し持ち上げた。

「珍しくスカート、はいてるの。ジーンズだと擦れて痛いから」

「似合ってるよ」

わたしは言った。お世辞ではなかった。ひざ丈の藍色《あいいろ》のスカートと同系色のボーダーのカットソーという服装は、菊池さんによく似合っていた。大人びて、美しかった。

「ありがとう」

菊池さんの頬がちょっぴり赤らむ。

「このスカート、けっこう動き易《やす》い。制服のみたいに窮屈じゃなくて、いい感じ」

「いろんなスカートがあるからね。あたしも普段はジーンズが多いけど、スカートはくと気分が変わることあるよ」

「そっか。食わず嫌い、じゃなくて、はかず嫌いだったんだな、あたし。スカートに悪いことしたかも」

「これから、もっとはいたらいいよ。真っ赤なタイトスカートとか挑戦してみたら」

「それは、嫌だな。脚が開かなくて転んじゃうよ。転ぶの、もう当分いいから」

「だよね」

「実はね、内緒なんだけど」

菊池さんが声を潜めた。つられて、身を乗り出す。

「おしりにすごい痣《あざ》ができちゃったの。それが、オーストラリアそっくりなんだ。びっくりするぐらいそっくり」

「ほんと？　うわっ、見たい」

「まさか。幾らなんでもそれは駄目。拒否します」

菊池さんが両手を×の形に交差させる。

わたしは、笑う。

菊池さんが話してくれた昨日の出来事は、わたしには受け止められないほど重い。とても、笑うようなものじゃない。でも、笑っていた。ごまかすためではなく、気を紛らわせるためでもない。菊池さんのちょっとした仕草を、表情を、声の潜め方をおもしろいと感じる。笑ってしまう。

「あっ、そうだ」

思い出した。

わたしは手提げの中の小さな白い箱を摑んだ。

「これ、お見舞い」

菊池さんに手渡す。菊池さんが瞬《まばた》きをした。両手で箱を受け取り、そっと中身を取り出す。

「わっ、風鈴だ」

「商店街の小物屋で買ったの。いい音がするんだ」

菊池さんが朝顔の模様の風鈴を摘《つま》み上げる。そのまま、窓辺により、窓を開けた。

風が吹き込む。

風鈴が鳴る。

澄んだ音が響く。

窓からの光を浴びて、朝顔が鮮紅色に変わる。花弁がゆらりと揺れたように見えた。

光の魔法、ちょっとしたマジックだ。

「きれいだね」

菊池さんが、風鈴をかざす。

「うん、きれいだね。買ったときよりきれいになってる」

「この部屋と相性がいいのかな」

「菊池さんと相性がいいのかも」

しばらくの沈黙の後、菊池さんは呟《つぶや》いた。

「すてきだ」

風はすぐに凪いで、風鈴はおとなしくなった。でも、朝顔だけは紅《あか》く発光している。

「すてきだ」の一言に命を吹き込まれたみたいに、さらに煌《きら》めきを増す。

「お姉ちゃんが、どうしてあんな風になっちゃったか、あたしは詳しく知らない。親は教えてくれないし、無理やり聞き出すような話じゃないし、ね」

唐突に、菊池さんはしゃべり始めた。

「でも、仕事がきっかけになったのはわかる。職場の上司にひどく苛められたみたい」

職場と苛め。二つの単語が結びつかない。

「苛めって、大人の世界にもあるの」

わたしの問いに、菊池さんは「みたい」と言った。背中を向けたままだった。

「お姉ちゃん、大学を卒業して就職のために帰ってきたの。この家じゃなくて、K市なんだけど。ずっと憧《あこが》れていた会社がそこにあったから」

K市は人口百万を超える政令指定都市で、この地方では一、二を争う大都市だった。新幹線の駅と地方随一の空港を持ち、全国でも有数の規模の図書館や競技場、ホールがあり、経済、文化の中心となっていた。そのわりに、郊外には自然が豊かに残り、市内の外れを流れる川は蛍の生息地として有名だ。毎年、夏の初めに蛍祭りが催される。東京、大阪といった大都市には及ばないが、都市としての機能と自然がすばらしいと称され、何とかという雑誌の〝住みたい街〟ベスト10には必ず名前が載る。

そういう都市だ。

「お姉ちゃん、就職が決まったとき、すごく嬉しそうだった。夢が叶《かな》った、がんばるってはしゃいでた。あたし、ちょっぴり羨《うらや》ましかったくらい。こんなに、幸せそうに笑えるなんていいなって。でも、お姉ちゃん、勘違いしてたんだ。そこ、夢の国じゃなくて、地獄だったんだよ」

菊池さんはもう一度高く、風鈴をかざした。

リーン、リーン。

風鈴は揺れて、たった二度だけ鳴った。

十　耳と目と口と心

ほんとにあたし、よくわかってないんだ。

どうして、こうなっちゃったのか。

菊池さんは呟いた。

風鈴の音に掻《か》き消されそうな呟きだったけれど、わたしの耳はちゃんと捉《とら》えた。

わたしはお世辞にも耳聡《みみざと》いとは言えない。どちらかと言えば、ぼんやりして聞き逃す方が多いだろう。

「ほら、鈴美、またぼけっとして」

「ねえ、ちょっと聞いてる？」

「わおっ、鈴美のタマシイがまた浮遊してるぞ」

母や八杉さんたちから、そんな風にからかわれたり、眉《まゆ》を顰《ひそ》められたりもする。しょっちゅうじゃないけれど、たまにより少し多めにある。

でも、菊池さんの呟きは、わたしの耳を通じ、わたしの中に留まる。素通りしない。重いわけじゃ決してないのに、何気ない呟きやおしゃべりなのに流されていかないのだ。菊池さんと話をするたびに、そう感じる。

「お姉ちゃん、はりきってた。就職したのは『イマジン・グループ』っていう建設会社なんだけれど、その中で、建物のデザインを手掛ける部門に配属されたんだよね。お姉ちゃん、空間デザインの勉強をずっとやってたから、望み通りの仕事ができるって、すごく、喜んでた」

『イマジン・グループ』。聞いたことがある。全国的な規模の有名な企業だ。

　今に人と書いて、イマジン。

　今、人を作るイマジン。

　今を人と生きるイマジン。

　それが、わたしたちイマジン・グループです。

そんな広告をテレビで流していた。作業服や背広の男性、スーツを着込んだ女の人、赤ちゃんを抱っこした母親、車イスのお年より、ランドセルを背負った小学生。いろんな年代のいろんな人たちが、満面の笑顔で画面いっぱいに映っていたっけ。

　ふっと思い出す。

「陳腐だな」の一言。

　父の一言だった。テレビをちらりと見て「陳腐だな」と吐き捨て、父はリモコンの切のボタンを押したのだ。わたしは間もなく始まるアニメを楽しみにしていたのに、父の口調に気圧《けお》されて「テレビ、見たいのに」と言い出せなかった。

　でも、それとは別に……。

　些《さ》細《さい》なことを思い出してしまう。

　どこかで、『イマジン・グループ』という名を聞いた。コマーシャルとか有名企業紹介とかの類《たぐい》ではなく、もっと身近で、ずっと昔に聞いた覚えがある。それは、記憶の底からするりと現れてくれない。

「お姉ちゃんにはいつも目標があって、それに向かって努力して、一歩一歩近づいていく。そういうの、すごいなって思ってた」

　菊池さんがオレンジジュースを飲み干す。果肉の粒がグラスのあちこちにくっついていた。

「正直、出来過ぎだなあ、お姉ちゃんと比べられると嫌だなあ、なんて思ってたときもある。親が露骨にそうしたってわけじゃないけど、何となく感じちゃったりするの。でも、そういうのみっともないなって自分で思う。お姉ちゃんみたいにはなれなくて、うじうじしている自分がみっともないって」

わたしは、我知らず胸を押さえていた。

菊池さんでもという驚きと、菊池さんらしいと納得する気持ちが同時にわいて、少し動悸《どうき》がした。

菊池さんでも、周りの空気を察して変な圧力みたいなものを感じるんだ。それで傷ついたり、悩んだりするんだ。

わたしと同じなんだ。

違うのは、それをみっともないとわかっていること。誰かのせいにするんじゃなくて、自分で引き受けられること。

菊池さんらしい。

わたしにはできない。

自分のみっともなさを認めると情けなくて、心身が萎《な》えてしまう。それより、誰かのせいにして自分を哀れんだ方が楽だと考えてしまう。みっともないわたし自身を受け止められない。でも、もしかしたら、以前よりちょっとは力をつけたかもしれない。

菊池さんを知ったことで、哀れまない、誤魔化さない力を持てたかもしれない。まだ、〝かもしれない〟の段階だけれど。

ああ、どう言えばいいだろう。

わたしが掴んだちょっとの力を、どう言えば菊池さんに伝えられるだろうか。

「お姉ちゃんの様子が変わったのは働き始めて半年ぐらいだったかな。研修期間が終わって、配属が決まって暫《しばら》くしてから……。そこらへん、あたしも曖昧《あいまい》なんだ。お姉ちゃんはK市にマンション借りて一人住まいしてたからさ。それでも、最初のうちは週末毎《ごと》に帰ってきたりしてたけど、だんだん、それもなくなって。母親なんか、すごく心配してた。早朝から深夜まで働いているみたいだけど大丈夫だろうかって。そのうち、携帯に連絡しても出なくなって。でも、あたし、そんなものだろうって思ってた。うちの母親、ちょっと管理的なところがあって……うーん、何ていうのかな。子どものこと、全部把握しとかないと落ち着かないってとこあるんだ。そういうの、ちょっとうんざりしてたから、いいかげん放っておけばいいのにって、思ってた」

菊池さんは空になったグラスを両手でそっと包んだ。微かに、オレンジの香りが立ち上った。

「うん」

わたしは頷いた。

過剰な心配や世話焼きにうんざりする。とても、よくわかる。安易に「わかるよ」なんて言いたくないけれど、わかる。そこには管理や支配の匂いが、どうしても付きまとうから。

わたしたちの嗅覚《きゅうかく》は鋭過ぎるのだろうか。だから、ほんの微かな匂いを嗅《か》ぎ当ててしまうのだろうか。それとも、若いから未熟だから、愛情も支配欲も同じ匂いにしか感じ取れないのだろうか。

「でも……あたしが間違ってた。母親の方が正しかったんだ」

菊池さんの声音が低くなる。喉元が上下に動いた。

「去年の大晦日《おおみそか》、お姉ちゃん、ふらりと帰ってきて……。そのとき、あたしも変だなあって感じたんだよね。すごく痩《や》せてたし、変な笑い方しかしなかったし」

「変な笑い方って？」

菊池さんは黙り込み、天井に視線を向けた。どう説明しようか、言葉をまさぐっているみたいだった。

「何て言うんだろう。形だけで笑ってるというか、口角を上げて、目を細めたら笑った顔になるから、そうするみたいな。ほんと、作った笑い顔だった。あたし、ぞっとした。この人、本当にお姉ちゃん？　って気がしたの」

菊池さんはそこで身震いをした。わざとじゃなくて、勝手に身体《からだ》が震えたのだと、わかった。

「お姉ちゃんが変わったの、痩せたり変な笑い方をしたりだけじゃなかった。あまり、しゃべらなくて、ちょっとしたことにすごく腹を立てて……、えっと、うちのお雑煮、お澄ましで、昆布と鰹《かつお》で出汁《だし》をとるんだけど、お姉ちゃんの好物なんだ。毎月一日はお雑煮の日にして欲しいなんて冗談を言うくらい」

「うん。うちも」

お澄ましだ。でも、どうやって出汁をとるのか、よく知らない。ずっと、母に任せてきた。

「それが不味《まず》いって、元旦《がんたん》に怒り出して……」

菊池さんの喉が、また少し上下した。

「美味《おい》しくない」

愛衣が叫んだ。

本当に叫んだ。声がわぁんと響いた。

「何で、こんなに不味いのよ、母さん」

「え？ え、何のこと？」

母が大きく、目を見開いた。眸《ひとみ》の中に怯《おび》えにも似た影が走った。影を含んだ視線がテーブルの上に注がれる。

おせちの重箱が並んでいた。

栗金団《くりきんとん》と酢《す》牛蒡《ごぼう》の他は、母の手作りだ。母はさほど料理好きではないし、手の込んだ物はめったに作らなかった。けれど、おせちだけは毎年、律儀《りちぎ》にこしらえる。今年も年末から準備に余念がなかった。家族の好みに添わせているので、当たり前だけれど市販の物よりずっと口に合う。子どものころ、重箱にはウィンナーやミニハンバーグ、卵焼きが詰められて、おせちというより遠足のお弁当のようだった。正月が来るたびに思い出す。

今は、父の好物の黒豆だの数の子だのの横にローストビーフやブロッコリー、ミニトマトが並び、色目も美しい。

「母さんの渾身《こんしん》の作だね」

と、比呂なりに母を労《ねぎら》おうとした矢先の姉の叫びだった。

「今年のお雑煮、すっごく不味い。何でこんなに塩辛いのよ」

「塩辛い？　まさか」

母が椀《わん》に唇をつける。

比呂も一口、すすってみた。

美味しい。

昆布と鰹の風味がちゃんと効いていて、口の中に広がる。いつもの母の味だ。

「美味しいけど」

比呂は正直に告げた。美味しいから美味しいと言った。隠す必要も姉に同調する意味も感じなかったのだ。

「そうよね。別に変わってないでしょ。愛衣、変なこと言わないで」

母が眉を寄せる。父が同意した。

「うん、美味《うま》いぞ。というか、毎年通りの雑煮だよな」

「あら、それって、ちょっと飽きたみたいに聞こえるけど」

「そりゃあ誤解だな。最初にちゃんと美味しいって言っただろう」

「まあね。それ本音かしら」

「本音、本音。美味いよ。正月だなあって味だな」

「もう、どんな味よ、それ」

父と母はそんなやり取りの後、顔を見合わせて笑った。笑った母の横顔が心なしか硬い。愛衣の口調の尖《とが》り具合を察しているのだ。なのに、気付かない振りをして無理に笑っている。

比呂にはそう感じられた。

ガタッ。

激しい物音がした。愛衣が立ち上がったのだ。その勢いで、椅子《いす》が倒れた。

「ふざけないで」

愛衣の全身が細かく震えた。

「どうして、みんなであたしを馬鹿《ばか》にするの。どうして、そんな見下した言い方するのよ」

「え？」

母が口を半開きにした。

表情が固まり、動かなくなる。

「みんなでよってたかって、あたしのこと全部、拒否して、それで楽しいの。そんなにおかしなことなの」

父も立ち上がった。

「おい、愛衣、何を言ってるんだ。誰もおまえのこと馬鹿にしてないだろう。拒否するって何だ？　単に、雑煮の味の話をしていただけじゃないか」

愛衣の眉が吊り上がった。

まじまじと父を見詰める。そこに何かが刻まれているかのような凝視だった。父が顎《あご》を引く。愛衣がさっと視線を逸《そ》らした。

「ほんとよ、どうしたの、愛衣？　あんた、体調が悪いんじゃない」

母が愛衣の顔を覗《のぞ》き込む。とたん、愛衣は固く目を閉じた。

見たくない。見られたくない。

それこそ拒絶の仕草だった。

比呂は椅子を直し、姉の背中に指先で触れた。丁寧に細心の注意で触れなければならない。何故《なぜ》かそんな気がしたのだ。

指先に触れた背中はモヘアのカーディガンを羽織っているにもかかわらず、ごつごつとした感触がした。

思い過ごしかもしれない。思い過ごしだろう。きっと、そうだ。

指を握り込む。

「お姉ちゃん、座ったら……」

愛衣がすとんと腰を下ろした。

振り返りもしなかった。

一瞬、人の声が途絶える。

良い天気だった。

ガラス戸から光と温《ぬく》もりが差し込んでくる。

誰も何も言わない。

「初詣《はつもうで》には絶好のお天気です。今年は、この青空のように澄み渡った気持ちのいい一年になるといいですね」

振《ふ》り袖《そで》姿の気象予報士がテレビ画面の中から、今日の天気を伝えてくる。それが妙にぼやけて聞こえた。

「ただ、この好天も今日一杯となりそうです。明日からは西日本から雲が広がり、午後遅くには東日本でも雨、明後日《あさって》は全国的に荒れ模様の予報です。平地でも風が強まり、雨ではなく雪が降る地域もありそうです。今後の気象情報に」

ブチッ。画面が黒くなる。

母がリモコンをテーブルの上に置いた。

「愛衣、あんたね」

「ごめんなさい」

愛衣が身を竦《すく》める。母は口をつぐんだ。

「ごめんなさい。ほんとに、すみません。あたし……どうかしてた。あたし、酷いこと言ったよね。ごめんなさい、ごめんなさい。どうして、あんなこと言ったのか自分でもわかんないの。ごめんなさい」

愛衣は「ごめんなさい」を繰り返し、両手で顔を覆《おお》った。指の間から嗚咽《おえつ》が漏れる。

「愛衣、疲れてるんじゃないの」

母がそっと問いかける。

「そうだな。社会人一年生ってのは疲れるもんだ。おれにも覚えがあるよ。身体も心もくたくたになるもんな」

「無理しなくていいのよ。辛《つら》いなら、しばらくお仕事を休むことだって考えていいんだから」

愛衣がゆっくりと顔を上げた。両眼がぎらついたのは、涙で潤《うる》んでいたからだろうか。そのぎらつきのせいで、眼の下の隈がよりくっきりと黒く見えた。

「大丈夫。あたし、疲れてなんかいない」

「愛衣、でも……」

「疲れてなんか、ないの。仕事だって楽しいよ。すごく、楽しい。そりゃあ忙しいのは忙しいよ。すごく忙しい。でも、だから……だから、すごくやりがいがあるんだ」

愛衣は身振り手振りを交えてしゃべり始める。こんどは「すごく」を多用する。口調も、いつもより早口だった。

「同僚も上司も、みんないい人で、新人のあたしをきちっとサポートしてくれるの。だから、あたしも頑張らなきゃって、早く一人前になりたいって、あたしなりに頑張ってるわけ。いつまでも甘えてちゃ駄目だもの。だから、どうしても仕事時間が長くなっちゃう。まだ、要領が悪いとこあるんだよね。知らないこともいっぱいだし、経験も不足してるでしょ。だから、頑張らないと駄目なの。ほんと駄目なんだ」

比呂は首を傾《かし》げた。今度は「頑張る」と「駄目」だ。愛衣の物言いはぎくしゃくして、言葉が空回りしている。

「あのね、でもね、あたし才能があるって言われた」

愛衣が笑った。

白い歯を覗かせた、楽し気な笑顔だ。さっきの嗚咽や涙は幻だったのだろうか。

「色の組み合わせのセンスがすごくいいんだって。もう少し経験を積んで、センスを磨いていけば会社にとってすごい戦力になるって、そこまで言ってもらえた」

「あなた、座ったら」

母が父の腕を引っ張った。それから、愛衣に顔を向ける。

「それ、上司の方がおっしゃったの？」

「そう、直属の上司」

「じゃあ、課長さんとか係長さんとか？」

「やだ、母さんたら」

愛衣が笑い声をあげた。

「そんな古い呼び方、流行《はや》らないよ」

「あら、失礼ね。流行る流行らないじゃないでしょ。他にどんな呼び方があるのよ」

「チーフだよ。チーフの上にはセントラルマネージャーがいて、その上がゼネラルマネージャー」

「何よ、それ。横文字使えばいいってもんじゃないでしょ。係長や課長の方がしっくりくる気がするけどね。まあ、でも、上司の方に褒められたのならよかったじゃない」

「うん。でも、これからの努力次第だぞとも言われた。センスだけでやれる仕事じゃないけど、センスがなければやれないって」

「へえ、格言みたいね」

「真実だよ。先輩にも羨ましがられた。チーフに褒められるなんてすごいって」

「あら」

母の眉が顰められる。

「そこはだいじょうぶなの？」

「え？　何が？」

「だって、ほら、あんた新人でしょ。新人が目立って、上司の方に褒められたりするの、先輩たちにしたらおもしろくないんじゃない？　それで、冷たくされたり意地悪されたりとかないの」

「ないよ、そんなの。母さん、それも古いイメージだよ」

くすくすくす。

愛衣は笑い、母の心配を一蹴《いっしゅう》する。

「みんな親切、ってわけじゃないけどさ、後輩を嫉妬《しっと》するみたいな、ちっちゃな人はいないな」

「そうなの。それはよかった」

母がほっと息を吐いた。安堵のため息だ。その後、食事は何事もなく進み、終わった。けれど、比呂は気が付いていた。

愛衣が雑煮にもおせち料理にもほとんど、手をつけなかったことを。

おそらく、父も母もわかっていたのだろう。その日の夜、深刻な顔で二人、話し込んでいた。

翌朝、比呂は物音で目が覚めた。

枕元《まくらもと》の時計は、六時を少し回ったところだ。初春とは名ばかりの、まだ冬真っ盛りの一月、夜が明けきらない空気はしんしんと冷え込んでいる。部屋の中でさえ、吸い込めば胸がひやりと冷たい。外は氷点下の世界かもしれない。

凍《い》てついている。

「待ちなさい」

「放して。どうして邪魔するの」

「愛衣、いったいどういうつもりなの」

「放してったら」

母と姉の言い争う声だ。互いに潜めているけれど、くっきりと聞こえてくる。家の構造によるのか、比呂の部屋には玄関の声が筒抜けになるのだ。いや、筒抜けにならなくても目が覚めたかもしれない。それほど、尖った気配がしていた。

パジャマの上に厚手のスウェットを着こみ、階下へ降りていく。

「……どうしたの」

比呂も声を潜める。

母が振り返った。表情が強張《こわば》っている。いつも着ている青いパジャマにカーディガンを羽織っていた。母も慌《あわ》てて寝室から出て来たらしい。

「比呂、お姉ちゃんが出て行くって」

「家出するみたいに言わないで。マンションに戻るだけじゃない」

愛衣が肩を竦める。

こちらはきっちりと身支度をしていた。Aラインのコートにジーンズをはいて、小さな旅行鞄《かばん》を提げている。

モスグリーンのコートの腕を母の指が摑《つか》んでいた。

「戻るって、まだ二日よ」

母は少し狼狽《うろた》えていた。視線が落ち着かない。縋るように比呂を見やる。

「仕事始めは五日でしょ。四日までのんびりしていけばいいじゃない。そのつもりじゃなかったの」

揺れる声音のまま、それでも母は娘を説得しようとしていた。

「のんびりなんかしてられないの」

愛衣は腕を振った。母の指を払うためだ。

「仕事が山ほどあるの。研修だってあるし、資料の整理も終わってないし、今日帰らないと間に合わないの」

「愛衣、そんなに仕事があるの？　そんなに働かなくちゃいけないの？　それじゃ身体、壊しちゃうでしょ」

母がさらに狼狽える。その肩越しに、愛衣と眼差《まなざ》しが絡《から》んだ。

怯えてる？

姉はひどく怯えているのじゃないか。

助けて、助けてよ、比呂。

眼差しが悲鳴を上げている。

「もう、ほんと、大丈夫だって」

愛衣が母の身体を軽く叩《たた》いた。

「母さんてほんと心配性だね。そんなんじゃ、どんどん老《ふ》けちゃうよ。あ、ほら、目元の皺《しわ》が深くなってる」

「もう、愛衣ったら」

母は苦笑し、頬を押さえた。

「冗談、冗談。ほんと言うと、あたし、年末に遊び過ぎちゃって仕事が溜《た》まっちゃったんだ。それで、会社が始まるまでに片付けとかなくちゃいけなくなって……。自業《じごう》自得《じとく》だね、てへっ」

愛衣はおどけた仕草で、ぺろりと舌を出した。

「だからさ、正直、焦《あせ》ってんの。せっかく認められてるのに、仕事の手を抜いてるなんて思われたくないの。ね、また、仕事が一段落したら帰ってくるよ。今度はきれいに片付けて、ゆっくりできる状態で帰ってくるね。ほんと、ごめん。じゃあね。あ、比呂、父さんによろしく言っといてね。いってきまーす」

ひらりと手を振って、愛衣は外へと駆け出した。

ドアが開いた瞬間、冷気がどっと流れ込んでくる。

「愛衣……」

勢いよく開き、静かに閉ったドアの前で母が佇《たたず》む。息が白い塊になって、空に浮いた。

「その日の夜、お姉ちゃんから電話があったんだって。仕事が思いの外、早く片付いたんで、明日から友達とスノボに行くって」

　菊池さんがそっとグラスを置く。

　わたしは身を縮めた。まるで季節が違うのに、凍てた風を感じてしまったのだ。息さえ白く凍らせるような風だった。

「スノボに？　でも、それって」

「そう、嘘《うそ》。お姉ちゃん、嘘ついてたんだ。心配させないよう、わざと明るい声で」

　わたしはもう一度、今度は意識して胸を押さえた。

　心臓がどくどくと動いている。この先の話を聞くのが怖い。でも、ちゃんと聞く。

　菊池さんが口をつぐまない限り、ちゃんと聞く。

「それから一月も経《た》たないうちに、マンションの管理人さんから連絡があったんだ。お姉ちゃんが薬を大量に飲んで、倒れてるって」

「えっ」

　わたしは息を呑《の》み込んだ。動悸が強くなる。

「どんな薬、飲んだか知らない。お姉ちゃん、意識が朦朧《もうろう》とした状態で部屋を出て、廊下を歩いてたらしい。近くの部屋の人が様子がおかしいって管理人さんに連絡して、そしたら、お姉ちゃん、胃の中の物を全部吐き出して、そのまま意識不明になっちゃって……」

「病院に運ばれた？」

「うん、運ばれた。すぐに胃の洗浄をして、命に別状はなかったけど、何を尋ねても泣くばっかりで、泣きながらずっと『あたしが悪い。あたしが無能すぎて、みんなに迷惑かけてる』と繰り返してたみたい。『ごめんなさい、ごめんなさい』って謝ってんの。でも、誰に謝っているのかわからなくてね。今でもそうだよ。突然泣き出して、謝って、死にたいとしか言わなくて……、こんな言い方、酷いかもしれないけど」

菊池さんがわたしを見た。

とても真《ま》っ直《す》ぐに、見詰めてくる。わたしも見返す。でも、菊池さんのように視線に力を込められない。すぐに逸らしたくなる。

「お姉ちゃん、壊れちゃったみたい。壊れて、別の人間になっちゃったみたいなんだ」

「どうして、どうして、そんなことに」

「地獄に迷い込んだからだよ」

「地獄……」

「うん。どんな地獄だったか、まだ、わかんない。親たちが今、情報を集めようとしてる。でも、難しいみたい。会社の方に尋ねても個人の問題だって言われたんだって。つまり、仕事についていけなかった新人が体調を崩したってこと。毎年、何人か脱落者が出るんですよって、あっさり決めつけられたって」

脱落者。何て嫌な響きだろう。そんな言葉をぶつけられたら、それだけで息が詰まってしまう。

「でも、同僚の人が絶対に名前を出さないって条件で教えてくれたの。お姉ちゃん、上司の人にずっと叱《しか》られてて、ううん、叱られるじゃなくて、毎日、罵倒《ばとう》されていたって。ものすごい罵詈《ばり》雑言《ぞうごん》で、ちょっとでも仕事が遅れたり、もたついてたら『役立たず』だの『給料泥棒』だの、もっともっと酷い、とても口にはできないようなこと言われ続けてたみたい。他の人がいる前でだよ」

「そんな……」

わたしは両手を握りしめた。そうしないと、どこかに引きずり込まれそうだ。足元に黒い穴が開いて、どこまでも落ちていきそうだ。

「役立たず」「給料泥棒」「いったいいつになったら、まともな仕事をしてくれるんだ。研修期間はとっくに終わっただろう」「こんなミスばかりして、恥ずかしくないのか」「みんなの足を引っ張ってるのがわかってないのか」「謝れ。みんなに謝れ」。

壊れる。人が壊れる。言葉は凶器だ。ハンマーのように、人を砕いてしまう。

菊池さんのお姉さんは砕かれてしまったのだろうか。一度砕けたら、人は元に戻れないんだろうか。

「壊れたのお姉ちゃんだけじゃない。うちの中も滅茶苦茶《めちゃくちゃ》になっちゃった。父親も母親も最初はとても怒ってて、訴訟を起こすつもりだったの。でも、会社側は過失を絶対に認めないし、その上司ってのもいつの間にか異動していなくなったとかで、訴えても勝てるかどうかわかんなくて、それに、うちの父親の仕事って、県とか市とかを相手にすることが多いんだ。だから、あまり訴訟騒ぎなんか起こさない方がいいみたいなんだよね。そういうの嫌がられるんだって」

不意に菊池さんが立ち上がった。

「けど、そんなの卑怯《ひきょう》でしょ。許せないよね。どんな大きな会社だって、偉い人だって、他人を壊れるまで追い詰めたりしていいわけないよね。そんなの、許せない。許されないよ。絶対に」

わたしは大きく、深く首肯《しゅこう》した。

他人を壊す正当な理由なんて、この世には一つもない。

「なのに、みんな怒ることを忘れちゃうんだ。忘れた振りをして、捨てちゃうんだ。

そんなの、そんなのおかしい」
菊池さんに光が当たる。
自然のスポットライトが菊池さんを照らし出す。一瞬だけど、人形のように見えた。
でも、違う。
菊池さんは人形なんかじゃなかった。菊池さんは、怒りを忘れていない。
菊池さんは、壊れていない。
わたしは、胸の内を声にした。
「菊池さんは、壊れてないよ」
菊池さんがゆっくりと、瞬きをした。

十一　わかったこと、わからないこと

「ねえ、母さん」

母に話しかける。

母が振り向く。右手に生卵をしっかりと握っていた。これからフライパンに落とし、目玉焼きを作るのだ。

目玉焼き、コーヒー、チーズトーストと季節の果物。それが、このところの母の朝食メニューだ。果物の種類が時折変わるぐらいで、後はほとんど変化なし。わたしもコーヒーをカフェオレにして、ほぼ同じメニューの朝食だった。

今週はわたしが食事当番なのだが、朝の目玉焼きだけは母に任せる。絶品なのだ。黄身が硬くもなく柔らか過ぎもせず、とろりとしている。白身の裏がちょっと焦《こ》げて、微《かす》かな苦味が黄身の甘さとすごく合う。たかだか目玉焼きと軽んじられない美味しさだった。そんなに料理上手ではない母にすれば、出色の一品だ。一時、母が凝りに凝って作り続けた料理に比べても遜色《そんしょく》ない。単純な分だけ、卵の旨味《うまみ》が感じられて、わたしは好きだった。

毎朝食べても飽きない。

「何よ？」

フライパンに向き直り、縁に母は卵を打ち付けた。片手で器用に殻を割る。じゅっと音がした。

「あのね、前って和食だったじゃない」

「え？」

「朝ご飯。父さんがいたころって、ご飯とお味噌《みそ》汁《しる》に玉子焼きとか焼き魚とか、ザ・和食の定番て感じだったでしょ」

「ああ、そうね。なに？　鈴美、ご飯の方がいいの？」

母がわたしの前に目玉焼きの皿を置いた。青い縁取りがあるだけの平皿だけれど、黄金色の黄身が美しい。

「ううん。そうじゃない。どうしてかなって、ちょっと思っただけ」

「だってこっちの方が、ずっと手間がかからないもの」

イスに座り、母は目玉焼きにちょっぴり醤油《しょうゆ》をかけた。

「魚を焼くとグリルを洗わなきゃならないし、味噌汁の鍋《なべ》や器の数も多くなるからね。正直、朝は大変なの。どたばたして、何にも食べずに家を飛び出したなんてことも、よくあったよ」

母はコーヒーをすすり、ふっと息を吐いた。

「今は五分もあれば用意できちゃうから。楽よ。そのかわり、夜はご飯が欲しくなるけどね。あ、鈴美。今日は鮭《さけ》でも焼きましょうよ。炊《た》き立てご飯に焼き鮭、最高じゃない。頼むわ」

「はいはい」

わたしは笑いながら頷《うなず》いた。それから改めて母に問う。

「でもさ、それならどうして、ずっと和食だったの」

「そりゃあ、お父さんが和食じゃなきゃ駄目だったからよ」

謎《なぞ》はあっさりと氷解した。

「そうだったんだ」

「うん。そんなに口煩《くちうるさ》い人じゃなかったし、食事にあれこれ文句を言うタイプでもなかったよね。夕食なんか、出来合いのおかずを並べても平気だったからね。そこらあたりは助かってたの。でも、朝は味噌汁とご飯じゃないと駄目だった。しかも、味噌汁もご飯も出来立て、炊き立てじゃないと。だから、前の夜に作っておくってことができなくて、朝は本当にどたばただったわねえ」

言われてみれば、父がいたころ朝の食卓にはいつも味噌汁の香りが漂っていた。その香りの記憶に引きずられて、

「鈴美、手伝って」

「食器を並べて、早く！」

母の苛立《いらだ》った声をひょいと思い出す。朝食がパンとコーヒーと目玉焼きに変わってから、もっと言えば、母とわたしの二人きりの暮らしになってから、あの声を聞いていない。

「どうして、嫌だって言わなかったの」

「え？」

「父さんに、朝はパンにしてって言えばよかったのに。そうしたら、少しは楽だったんでしょ。ううん、それより、父さんに自分の分だけでも作ってもらえばよかったんだよ」

母が瞬《まばた》きする。コーヒーを飲み、トーストの端を少しかじった。

「鈴美ならそうした？」

母がトーストを咀嚼《そしゃく》し呑み込む。少し笑っていた。

「うん」

わたしはもう一度、頷いた。母が顎を引く。

「そうなの？　意外」

「意外、かな。どうして？」

「だって、あんた、わたしに似ているもの」

母はコーヒーをサーバーから注ぎ足した。

いい香りだ。

「他人と言い争うのきらいでしょ。喧嘩《けんか》になるくらいなら、我慢した方がいいって思っちゃうでしょう。わたしも、そう。お父さんに朝飯ぐらいちゃんと作れって言われたら、傷つくもの。頭にきて言い返して……。お父さんの性質からして、怒鳴ったり、暴力を振るったりはしなかったでしょうけど、不機嫌にはなるよね。それで、結局、朝ご飯に箸《はし》をつけないまま出て行っちゃうってパターンになるの。それで、わたしはいやーな気持ちのまま残されるわけ」

「リアルだね」

「まあね」

「でも、それって母さんの勝手な思い込みでしょ。ちゃんと、父さんに気持ちを伝えたら、そしたら、もしかして父さん、わかったって言ったかもしれないよ。『明日から、パンでいい』とか『じゃあ、自分で作ってみるよ』とか言ったかもしれないし」

母がまた瞬きする。マスカラが要らないほど長い睫毛《まつげ》が、上下する。離婚の前後、目の下にあった翳《かげ》りがいつのまにか消えていた。

「そんな風に考えたことなかったな」

母は正直に答えた。

「あのころ、父さんに対して引け目みたいなのあったからね。お祖母《ばあ》ちゃんのことで」

「お祖母ちゃんの介護をしなかったってこと？」

「まあ、それやこれや、ね。それに、自分の要領が悪いのわかってたから、余計に言えなかった。ほら、よくあるでしょう。ささっと五分でできる朝ご飯レシピなんての。女性誌でしょっちゅう特集組んでるじゃない。できないんだよね、ああいうの。不器用なんだろうね。もうちょっと器用だったらねえ」

母の笑みが曖昧になる。大人しかできない笑い方だ。

「でも、そうか、鈴美ならちゃんと言ったのか。似ていると思ってたのに、案外、違うんだね。あんたとわたしは」

わたしは目玉焼きに視線を落とした。箸で二つに割って、黄身が零《こぼ》れないように用心しながら口に運ぶ。

わたしなら、どうしただろう。

考える。

わたしが母さんで、朝の忙しさをちょっとでも軽減したいと考えて、手のかかる献立を変えたいと思ったら、どうする？

要領よく家事をこなすのは、正解じゃない。きっと、誤りだ。

うん。やっぱり伝えなくちゃならないんだ。

わたしは忙しくて、あなたの朝ご飯まで作れませんって、伝えなくちゃならない。

今のわたしならそう言い切れる。

「いい奥さんでいたかったんだ」

母が呟《つぶや》いた。

「お父さんに、周りの人たちにも、いい奥さんだねって思われたかった。仕事もして、子どもも生んで育てて、家事もそこそここなして。理想じゃない。実際、職場の後輩に『佐戸さんってすごいですね』って感心されたりしたの。そんなにしゃかりきになっているように見えないのに、頑張っててすごいって。そうか、他人からはそういう風に見えているのか。じゃあ、もっと頑張らなくちゃ、頑張って、みんなから羨《うらや》ましがられなくちゃって。今、思えば若かったなあ」

「えーっ、ついこの前のことでしょ。若くないよ」

「鈴美、中年女性に向かって若くないなんて、言わない。それ、絶対禁句だからね」

　母がコーヒースプーンを空中でくるりと回す。

「認めてもらいたかったんだよねえ。自分の頑張りや努力を認めて、褒めてもらいたかった。仕事も家庭もちゃんとやっているってとこ見せたかった。けど、それがうまくいかなくて……、うーん、やっぱり若かったのかなあ」

「今はうまくいってるの」

「どうかな。ただ、認めてとか褒めてとかって気持ちはだいぶ薄くなったかも。まだ、きれいに無くなったわけじゃないけど、前みたいに取り憑《つ》かれてはないかな。肩が軽いもの」

　ぐるり。母が肩を回す。

　わたしを認めて。

　わたしを褒めて。

手の込んだ料理を作り続けていた日々、いや、そのずっと前から。母は胸の内で叫んでいたのだ。重いものに取り憑かれていた。

気が付かなかった。

父さんは？

ふっと父の顔が浮かんだ。

父は気が付いていたのだろうか。気が付いていなかったのか。気が付いても知らぬ振りをしていたのか。取るに足らないことと無視したのか。どう対処していいかわからず戸惑っていたのか。

どうなんだろう。

父さんは、母さんのこと、どのくらいわかってた？　わかりたいと望んでいた？　わからなくてもよかった？

そんな質問をいつか父にしてみたい。真正面から、一度だけ、問うてみたい。今まで考えもしなかった考え、想《おも》いもしなかった想いが突き上げてきて、わたしは少し、むせてしまった。

「けど、どうしてこんな話になったんだっけ？　あ、いけない。もうこんな時間。鈴美、後片づけ頼むね」

コーヒーを飲み干し、母が立ち上がる。わたしは親指と人差し指で丸を作った。

「いいよ。洗濯物も干しとくし、掃除もしておく。もちろんゴミ出しも」

「え、ほんとに？」

「ほんと、ほんと。今日はお休みだし、時間、あるから」

今日は、開校記念日の休日だった。宿題のプリントは山ほどあるし、〝学校生活とわたしの未来〟というテーマの作文も書かなければならない。それでも、気分的には余裕がある。温かなカフェオレや目玉焼きをゆっくり味わえるほどの余裕だ。

母の双眸《そうぼう》が潤んだ。

「鈴美、あんた、何ていい子なの。母さん、嬉《うれ》しい」

「そのかわり、次の日曜日は全部、母さんが担当だよ」

母は広げかけた手を胸の前で組んだ。眼が瞬《また》く間に乾いていく。

「何だ、そういう条件になるのね」

「当然です」

「喜んで損したわ」

母が露骨に白けた表情になる。その素直さが、なぜかとてもおかしい。笑い出しそうになる。

「ごめん。そこまで、いい子になれないから」

「言うわね、鈴美」

「言わないとわからないこと、いっぱいあるでしょ」

母の眉《まゆ》が八の字に寄った。構えた顔つきになる。

「どういう意味？」

「うーん、だから、黙って我慢してちゃ駄目なこともあるって……そういうことかな」

「でも、我慢はたいせつよ。みんなが我儘《わがまま》で言いたい放題、やりたい放題になったら、世の中、無茶苦茶じゃない。自分さえよければいいって考え、嫌でしょ」

「我儘と我慢しないのは違うよ」

まるで違う。

我慢し過ぎないで、耐え過ぎないで、受け止めかねるものを受け止めないことと、自分の思い通りに周囲を動かそうとすることは違う。似て非なるどころか、異次元的に違うものだ。

頑張ることも、我慢することも悪ではない。むしろ、美徳だと言われている。でも、それらはよく切れる包丁みたいだ。使い方を誤ると、自分の指を切り落としてしまう。

わたしは、そこに気が付いた。

「まあ、やだわ、鈴美。へんな自己主張ばっかりする子にならないでよ。うちの職場にもいるのよ、そういう若い子が」

「母さん」

「なによ」

「このごろ、我慢するの少なくなったんでしょ。我慢しなきゃとか、頑張らなくちゃとか思うこと少なくなったよね。違う?」

「え……」

母の黒目が左右に揺れた。

「違わないでしょ。だからね、父さんと別れたの、母さんにとっては間違いじゃなかったんだよ。正解だったんだよ、きっと」

仕事も家庭も両立させている、立派な女性。

母は必死に守ってきたその座から、離婚とともに滑り落ちた。守るべき座がなくなったから、楽になれた。軽くなれた。

そんな風に考えてしまう。

「鈴美、あんた……」

「八時二十分だよ」

「え？　あ、きゃっ、大変。遅刻しちゃう」

母が文字通り飛び上がる。肘《ひじ》が当たって、イスが倒れた。派手な音が響く。

「いけない。直しといて、鈴美」

「はいはい」

足音も荒く、母が飛び出していく。

窓から差し込む光の中で、小さな埃《ほこり》が煌《きら》めいた。

朝方晴れていた空に雲が広がり始めている。

けっこう黒く、厚い雲だ。間違いなく、雨雲だった。吹いてくる風も湿り気を帯び、纏《まと》わりついてくる。この前まで、さらさらと乾いて軽く、汗を拭《ぬぐ》い去ってくれていたのに。

もう梅雨も間近だ。

季節がまた、一歩、進む。

商店街のアーケードの下に入ると、蒸し暑さは幾分ましになった。

わたしは歩調を緩め、ぶらぶらと歩いた。

今日の献立は、鮭と豆腐の味噌汁、それに人参《にんじん》のサラダだ。

平日の昼間、一人でのぶらぶら歩きも悪くない。

菊池さんのお姉さん、もう退院できたのかな。

歩きながら思う。

菊池さんの家に行ってから、一週間が過ぎていた。

一人の人間をぎりぎりまで追い詰めるシステムが、わたしたちの周りにはある。目に見えない、音も出さないそれを恐ろしいと、わたしは感じる。蜘蛛《くも》の巣みたいだ。ほとんど透明で、よくよく目を凝らさないと見つからないのに、一度捕らえられた虫は身動きできなくなる。搦《から》めとられ、ぐるぐる巻きにされて、体液を吸い取られてしまう。

わたしは、かぶりを振った。

菊池さんのお姉さんは虫じゃない。人だ。人は搦めとられてはいけない。自由を奪われてはいけない。

わたしが虫みたいに扱われたら……怖い。とても怖い。

背筋がすっと冷たくなる。

菊池さんのお姉さん、愛衣さんのことを思う度に冷たくなる。菊池さんは怒りにこぶしを震わせていたけれど、わたしは怯《おび》えて背中を冷たくする。

「あたしは、許さない」

あの日、菊池さんは言った。

「お姉ちゃんを追い込んだ人も、お姉ちゃんのこと『弱過ぎる』って嗤《わら》った人も許さない」

怒りは熱になる。

わたしは実感した。菊池さんの側《そば》にいると熱い。火先が肌を掠《かす》めるようにさえ感じたのだ。

愛衣さんは憤《いきどお》らなかったのだろうか。

自分を追い込み、自分を否定する相手や言葉や眼つきや行動に怒りを覚えなかったのだろうか。

母さんは？

突然に朝の母を思い出した。ぽこっと幻の音が響くほどの唐突さだった。

母は怒りを覚えたりしなかった？

自分を駆り立てるものに、努力や我慢を強いるものに、頑張り続けることを奨励するものに、憤ったことはないのか。

どうなんだろう。どうなんだろうか。

「あの……えっと、御蔵さん」

躊躇《ためら》いがちな声が、背後から聞こえた。

「えっ」

振り向くと、金髪が見えた。商店街の中まで入り込んできた風が、金色の髪を僅《わず》かにそよがせている。

「あ、基茅くん」

「よっ」

基茅陽介くんは軽く手を上げて、笑った。

「よく、ここで会うね」

「うん、おれ、今、この商店街でバイトしてるから」

自分で告げておいて、基茅くんはばたばたと手を振った。

「あ、ゲームセンターじゃないぜ。花屋、花屋。この先の花屋」

「ああ、フラワーショップ・アノウだね」

「そうそう。おれたちが小学生のころには、まだ『安濃《あのう》生花店』だったよな。店の前に花の入ったバケツがぽんぽんって並んでて。すげえ無造作でさ、枯れかけた花なんかもそのままで。いいかげんっぽい店だったんだよなあ」

「そうそう。お店の中も暗くて、花屋さんってイメージじゃなかった。けど、今はきれいになったねえ」

二年前に、店を改装して、安濃生花店はフラワーショップ・アノウになった。店の外に並んでいるのは、鉢植えの花だ。それも、きれいに高低をつけて飾られている。店内も白い壁に明るい照明が映えて、きれいだった。

「基茅くん、花屋さんのバイトしてるんだ」

「いや、バイト先は店の中にある、花屋カフェの方」

「え、そんなのがあるの」

「知らなかった？　コーヒーとハーブティーをメインにして、ちょっとしたケーキなんか出すんだけど」

「全然、知らなかった」

「お花を買ったついでに、ちょいと一杯って店かな」

「それ、居酒屋っぽくない？　花屋の雰囲気じゃないよ」

「かな。けど、ケーキはけっこう美味《うま》いよ。食べに来たら」

「うん、行くね。絶対に行く」

社交辞令でも嘘でもなく、わたしは行くと答えた。行きたい。行ってみたい。

「ケーキって、どんな種類があるの」

「えーっと、ガトーショコラと苺《いちご》ショートとザッハートルテの三種類かな。来月からは、ゼリーなんかが加わるかも。飲み物とセットで六百円、ぴったし」

「うーん、高校生には厳しいかな。でも、友達誘って行くよ」

八杉さんたちに、声をかけてみよう。花に囲まれて、ハーブティーを飲みケーキを食べる。きっと好きだろうな。

「聞かないんだ」

基茅くんが呟いた。

「え？　何を」

「平日の昼間に、おれがバイトしているわけ」

「ああ……、そうか。今日は平日だもんね。自分が休みだから、つい休日気分になってた」

「そうか、えっと、確か開校記念日だったよな」

「よく知ってるね」

「ダチに吉川高校のやついるから」

ちらり。基茅くんがわたしを一瞥《いちべつ》する。

「けど、御蔵さんなら休日気分でなくても、聞かなかったんじゃないかな。昔から、こっちから言い出すまで、プライベートには踏み込まないとこ、あったものな」

そうだろうか。

わたしは首を傾《かし》げる。

個人の域に容易《たやす》く踏み込んではいけない。そう、自分を律する気持ちがわたしの中にあるだろうか。

「ほんとのこと言うと、おれ、高校、やめちゃったんだ。今年の春に。中退ってやつかな」

基茅くんが、ぼそぼそした声音のまま告げた。

「それも家に居づらくなった原因の一つかな。親父《おやじ》に、殴りつけられたから。『高校も出てなくて、どうやって生きていくつもりだ』って。けど、おれ、あのままガッコにいたら、それこそ生きて行けないって感じだったからさ。でも、そういうの、親にちゃんと説明できないつーか……。おふくろはともかく、親父は、男は偉くなってナンボ、稼いでナンボみたいな考え、抜けきれないヒトだし。それで、まあ、こっちに、ばあちゃん家《ち》に来たんだ。おれがいない方が家ん中、ヘイワだろうって考えたんだけど、別にそーでもなかったみたいでさ」

何と答えていいかわからなかった。

「基茅くん、大変だったんだね」

口にしてから、恥ずかしくなる。もっとましなことが言いたい。

「まあ、大変っちゅーか、でも、どこの家でも大変はいっぱいあるよな、きっと。それに、おれ、昔から、ずっと、飲食系の仕事、やりたかったんだ」

「あっ」

「うわっ、びっくりした。何だよ、いきなり」

基茅くんは一瞬、身を縮めた。わたしの声に反応したのだ。身を縮めて頭を庇《かば》うような仕草だった。ほんの一瞬だけど、見てしまった。基茅くんの顔が引き攣《つ》ったのを。

もしかしたら、愛衣さんもこんな眼をしているんじゃないのか。

わたしは胸を押さえた。鼓動が速くなっている。

「どうしたんだ、急に大声出して。おれ、キホン、大きな声苦手なんで。そこんとこよろしく」

基茅くんがおどけた物言いをする。口元は笑っていたけれど、眼にはまだ陰が宿っていた。

「ごめん。あの、思い出したの。基茅くん、卒業文集に書いてたでしょ。小学校の卒業文集。将来の夢のところに、レストランのシェフになりたいって」

「うわぁ。よく、覚えてんな。おれ、今、マジで恥ずい」

「だって、すごく詳しく書かれていたんだもの。具体的で、読んでて、基茅くん、ほんとにシェフになれるかもって本気で感じた。えっと、確かお祖母ちゃんの畑で採れた野菜を使って、こんな料理を作りたいって、イラスト付きだったよね」

「やめろ、やめろ。恥ずかしくて死んじまうかもしれない。勘弁してくれよ」

　本当に照れているのか、基茅くんの頬は紅《あか》く火照《ほて》っていた。

「でも、今のバイトと繋《つな》がってるじゃない」

「繋がってないよ。まあ、飲食関係ではあるけど」

「繋がってるよ。基茅くん」

「うん？」

「まだ、夢を捨てたわけじゃないんでしょ」

　基茅くんが小さく、息を吸い込んだ。

　まだ夢を捨てていないのか。それはときにはとても残酷な、ときには傲慢《ごうまん》で無神経な問いかけになる。でも、今はいいと思えた。基茅くんに問うのは、たぶん、残酷でも傲慢でもないと思えた。わたしの頼りない勘だけれど、今は信じていい気がする。大丈夫だ。

「……だな。つーか、思い切りよく捨てられない。だから、高校も調理科のあるところに進みたかった。でも、親父に猛反対されて、間に入っておふくろも困り果てていて……。それで、地元ではまあまあの進学校に入ったんだけど、やっぱり無理だった。全然、楽しくなくて、おもしろくなくて、なんつーか、ふわふわして、自分がちゃんと歩いたり、飯食ったりしているって感覚がなくてな。ぼーっとして過ごすことが多くなって、当然、成績なんてドンゾコ。教師から、おまえの頭には脳味噌のかわりに藁《わら》でも詰まってるのかなんて言われちまった」

あ、ここでも暴力だ。言葉の暴力。

愛衣さんに振り下ろされた刃《やいば》に、基茅くんも襲われた。

やっぱり、背中が冷たい。

「やめてよかったね」

背中の冷たさを振り払うように、わたしは言った。

「やめてよかったよ。そんなとこにいたら、基茅くん、ぼろぼろになってたかもしれない」

刃にずたずたにされていたかもしれない。

基茅くんは前を向いていた。

わたしと基茅くんは並んで商店街の中を歩いた。

「おれ……来春、高校、受け直そうと思ってる」

「調理科のある高校を？」

「うん。ばあちゃんとこから、ギリ、チャリで通える距離だし。もうちょっと、ばあちゃんに厄介になってやってみようかなって、さ」

「基茅くん、おばあちゃんっ子なんだ」

「は？　そ、そんなことあるもんか。おれ、別にばあちゃんなんて……そりゃあ世話になってるし、ばあちゃん家はくつろげるけど」

「やっぱり、おばあちゃんっ子だ」

「違うって」

「どうして、ムキになって拒否るわけ。おばあちゃんっ子って、いいじゃない。おばあちゃんがいないとおばあちゃんっ子にはなれないんだから、すごく恵まれてるんだよ。基茅くんは」

「何言ってんだか、さっぱりだあ」

基茅くんが肩と口を窄《すぼ》めた。へんてこな顔。わたしは噴き出し、笑い声をたてた。

傍らを過ぎた自転車の女性が、横目で私たちをちらっと見やった。

「あっ」

足が止まる。

目の前の店から、思いがけない人が現れたのだ。

「菊池さん」

わたしは、菊池さんに駆け寄った。

「あ、御蔵さん」

菊池さんも驚いたみたいで、目を大きく見開いていた。でも、すぐに笑顔になる。

「ちょっとびっくりした。まさか、ばったり会うなんて、ね」

「うん。菊池さん、買い物？」

「うん、風鈴を買いに」

菊池さんの一言に呼応するように、風鈴が鳴った。

あの小物屋だ。たくさんの風鈴がそれぞれの音を奏《かな》でる。

「お姉ちゃんがね、きれいな音を聞きたいって言うの。ＣＤの曲は駄目なんだって。

音楽じゃなくて音。それでさ、御蔵さんの風鈴、持って行ってあげたら、すごく喜んで。そのまま、病室に飾ってんの。でも、うちのリビングにも欲しいから、一つ、買いにきた。金魚の模様の可愛《かわい》いのを買ったよ」

菊池さんが、青い包装紙の箱をバッグから取り出した。

「お姉さん、気に入ってくれたんだ」

「うん。みたい」

菊池さんが、首を傾げる。

「デートの邪魔しちゃったかな」

「え？　あ、違うよ。違う。あのね、小学校のときの同級生。それに、幼馴染《おさななじみ》。えっと、基茅陽介くん」

「基茅です」

基茅くんが基茅くんらしく、きちっと頭を下げる。

菊池さんは動かない。

固まったように、立ち尽くしている。

「菊池さん？」

菊池さんの視線は、まっすぐに基茅くんに向けられていた。基茅くんが、身体《からだ》を引く。菊池さんは、それほど、まともに、露骨に見詰めていた。唾《つば》を呑み込んだのか、喉《のど》が動いた。

風が吹いて、風鈴の音が一際《ひときわ》、響く。

菊池さんは身じろぎもしない。

十二　明日、逢《あ》うために

基茅くんがちらりとわたしを見る。

なあ、おれ、どうしたらいいの。

眼差《まなざ》しが問うてくる。

昔のまんまの眼差しだ。背が伸びて、逞《たくま》しくなって、親に抗《あらが》っても果たしたい夢があって、子どもより大人に近くなっても、基茅くんは〝昔のまんま〟をまだ持っている。

いや、そんな悠長なことを考えている場合じゃない。基茅くんは明らかに戸惑っていた。それはそうだろう。初対面の相手からろくに言葉も交わさないうちに、まじまじと見詰められたりしたら、たいていの人は戸惑う。そして、たいていの人は、初対面の相手を不躾《ぶしつけ》に見詰めたりはしない。

わたしは、基茅くんから菊池さんに視線を移した。

風鈴が鳴っている。

その音のせいなのか、一瞬、幻を見た。

菊池さんが、一本の真《ま》っ直《す》ぐな竹になる。そんな幻だった。

竹と風鈴の音色はよく調和する。そして、菊池さんと竹も。

竹が揺れた。

菊池さんが首を軽く振ったのだ。

「……あ、ごめんなさい」

いつもより少し掠れた声で、菊池さんは詫《わ》びた。

「ほんと、ごめんなさい。菊池比呂です。えっと、基茅陽介くん、はじめまして、よろしく」

菊池さんがすっと右手を差し出した。

「あ、いや、どうも」

基茅くんはシャツの端で手のひらを拭《ふ》くと、そっと菊池さんの右手を握った。

「えっと、あの、別に気にしてないけど、おれの顔に何かついてたとか、誰かに似てたとか？」

基茅くんがにっと笑う。

「ううん、顔じゃなくて名前……」

「名前？　おれの？」

「うん、ちょっと驚いて……。基茅って苗字《みょうじ》、珍しいから」

菊池さんも笑う。でも、どことなくぎこちない笑みだった。頰のあたりがまだ強張《こわば》っている。

「そうそう、わりに珍しい。でもキクイケって名前も珍しいんじゃないかな。どんな字を書くの」

「花の菊にさんずいの池」

「へえ、それってフツー、キクチって読むよな。そっちも、けっこう珍しいんじゃね？　基茅がカピバラなら、菊池はハムスターぐらいは行くんじゃないの」

「はは、それ、すごい例えだね。わかるようで、わかんない」

菊池さんと基茅くんは、けっこうにこやかに話をしていた。基茅くんは素のままだけれど、菊池さんは無理をしている。

菊池さんの無理が波動のように伝わってくる。

どうして？

わたしも戸惑う。菊池さんの様子に違和感を覚える。菊池さんのことをそんなに深く知っているわけじゃない。出逢ってからまだ、ほんの短い時間しか経《た》っていないのだ。でも、菊池さんが愛想笑いをしたり、適当に他人と調子を合わせたりする人じゃないことは、わかっている。相手を無遠慮に凝視したり、横目で探ったりする人でもない。絶対に、ない。それは断言できる。

じゃあ、さっきの態度は何？

基茅くん自身じゃなくて、名前に驚いた。

菊池さんはそう言った。でも、どこに驚いたんだろう。そして、なぜこんなにもぎくしゃくしているのだろう。菊池さんはわたしを見て、少し笑った。苦笑いのようだった。

「ごめん、変な態度で。あの、お姉ちゃんのことで……」

わたしは声をあげそうになった。

「もしかしたら、お姉さんの」

菊池さんが点頭する。

どくどくと流れる血を感じる。動悸《どうき》がする。口の中が乾いて、ひりひりと痛い。わたしは両足を踏みしめた。

「そう。お姉ちゃんを滅茶苦茶《めちゃくちゃ》にしたやつ。上司の名前が基茅っていうんだ。それで、つい、ほんとごめん」

菊池さんは肩を窄め、小さく笑った。

わたしは笑えない。今度はわたしの頬が強張って、思うように動かせないのだ。記憶がよみがえってくる。古層を突き破って、今聞いたばかりのように、はっきりと声が耳に響いてくる。

「基茅さんのご主人、イマジン・グループにお勤めなんでしょ。奥さん、自慢してたわよね。ゆくゆくは東京本社に異動になるのは確実だって」

「そうそう。それから海外赴任が何年かあって、次に帰って来た時は本社の幹部だって言ってたわよねえ。絵に描いたようなエリートコースねって、あたし羨ましがってあげたの。いかにも、すごいでしょうって感じだったからさ」

「うわっ、それ嫌味じゃない？」

「嫌味、嫌味。あんまり自慢げにしゃべるから頭にきちゃったの。『あなたたちとは違うのよ』って視線、感じたもの。はいはい、こちらのダンナはしがない中小企業のサラリーマンですよ。それが何か？　って、言ってやりたかったわよ」

「でもさ、結局、基茅さん、東京本社への異動なかったみたいよ」

「えっ、でも、基茅さんとこ引っ越しするんでしょ」

「うん。何か、隣のK市に家を建てるとかなんとか聞いたけど。それも、出世コースから外れたことがはっきりしたからでしょ」

母親たちの会話だった。その輪の外に母がいた。少し俯《うつむ》いて、寒そうな顔をしていた。中学一年生の秋の終わりか冬の初め。基茅くんが転校していく少し前だった。わたしたちが小さかったころ、母と基茅くんのお母さんは一緒に買い物やランチに出かけたりしていた。わたしは、基茅くんのお母さんがどんな人かよく知らない。でも、だれかれ構わず自慢話を吹聴《ふいちょう》するような性質《たち》ではないと思う。

母はどうして基茅くんのお母さんを庇《かば》ってあげないのだろう。「そんな人じゃないわよ」と一言、口にしないのだろう。

母は何も言わなかった。悪口も言わなかったし、庇いもしなかった。居心地悪そうに身を縮めて立っていただけだ。

その光景が何だかものすごく侘《わび》しく見えて、わたしは背を向けた。そして、忘れた。侘しいもの、哀れなもの、悲し気なものをわたしは意図的に記憶から締め出してしまう。締め出してしまっても消えたわけではないのに。

だから、思い出す。

基茅さんのご主人、イマジン・グループにお勤めなんでしょ。

どこかのおばさん、誰かの母親の言葉を。

記憶の外側にぶら下がって、なかなか表に現れてくれなかったことを。

菊池さんのお姉さんの話を聞いたとき、『イマジン・グループ』という名に感じた引っ掛かりはこれだったのだ。

基茅くんのお父さんは、K市にあるイマジン・グループの支社に勤めていた。今も勤めているかもしれない。

「あれ、今度は御蔵さんが固まっちゃって。いったい、どうしちゃったんだよ」

基茅くんの表情が曇る。金髪の先が微《かす》かな風に揺れた。

わたしは唾を呑《の》み込む。動悸はまだ治まらない。

「基茅くん……。あの、基茅くんのお父さんて、あの……」

「親父？　何でここに親父が出てくるんだよ」

基茅くんの口調が明らかに険しくなる。不快なものを眺めるように、眉を顰《ひそ》めた。

「あ……いや、あの、何でもない」

わたしは少し慌《あわ》てて、口ごもる。うかつに問うていいのかと、わたしがわたしを押し止める。

「何だよ。途中で止《や》めるなよ。親父がどうしたってんだよ」

基茅くんは苛立っていた。眼つきにも口調にも棘《とげ》がある。わたしの知っている中学一年までの基茅くんには、けっしてなかった棘だ。

そうか、この人にとって、父親はまだ傷なんだ。触れられたら疼《うず》く傷痕《きずあと》なんだ。

肩を摑《つか》まれた。

指が食い込んでくる。骨まで伝わるほど強い力だった。

「まさか、まさか、そんなことないよね」

菊池さんがわたしの肩を摑んだまま、息を乱す。わたしは唇を嚙《か》み締めた。

「だから、何だってんだよ。何がまさかなんだよ。二人して、わけのわかんない態度、止めろよ。ちょっと苛つく」

「お父さん、どこに勤めてるの」

菊池さんが一歩、前に出る。不意に肩が軽くなって、わたしは二、三歩、よろけてしまった。

「は？　親父の勤め先なんてカンケーないだろうが」

「イマジン・グループなの？」

「え……」

「イマジン・グループ、K市第一支社の企画部第二課にいたことある？　そこのチーフだかセントラルマネージャーだかの肩書で」

基茅くんが口の中で呟いた。よく聞き取れない。

「どうなの」

菊池さんがこぶしを握った。

「……そうだけど。企画部なのは確かだけど何課かまでは知らない。親父の仕事にキョーミなんてないからさ。あ、でも、今はどこか違う部門に移ったんじゃないのかな。けど、親父の勤務先なんて、どーでもいいことで、うわっ」

基茅くんが悲鳴を上げた。

胸に風鈴の箱がぶつかってきたのだ。

「何すんだ！　ふざけんな」

「お姉ちゃんに謝れ！」

基茅くんの怒声に菊池さんの叫びが被《かぶ》さる。

「お姉ちゃんに、あたしたちに謝れ」

「は？　何言ってんだよ。わけわかんないだろうが」

基茅くんが唾を呑《の》み込み、表情を引き締めた。

菊池さんは竹なんかじゃなかった。

一匹の獰猛《どうもう》な野獣みたいだ。

今にも獲物に飛び掛かろうとする肉食の生き物。鋭い爪《つめ》と牙《きば》で、何もかもを引き裂いてしまう。

お姉さんの崩壊を目の当《ま》たりにし続けた日々、菊池さんは自分の中に獣に似た怒りを培《つちか》っていたのだろうか。

「菊池さん」

わたしは、菊池さんの腕にしがみついた。

獣じゃない。竹でもない。わたしと同じ若い人間の、細くて引き締まった腕だ。

理由もなく、わたしは泣きそうになった。

「違うよ、基茅くんは違う」

菊池さんの腕が微かに震えている。

「基茅くんと基茅くんのお父さんは別だよ。基茅くんは違うんだよ。お願い、怒らないで。菊池さん、お願い」

怒りは当然だ。

大切な人を傷つけられて、家族を壊されて、憤らない方がどうかしている。憤るなと諭す者も、我慢しろ、諦《あきら》めろと宥《なだ》める者もどうかしている。怒らなければ、怒りを針のように突き出して向かっていかなければ変わらない。同じことが、また繰り返される。菊池さんのお姉さんみたいに、どこかでまた人間が壊されてしまう。

でも、でも、違うのだ。

「菊池さん、怒る相手が違うよ」

基茅くんは基茅くんの父親じゃない。イマジン・グループの人でもない。父親とぶつかって、家を出て、自分の道を必死に歩こうとしている十代だ。

相手が違う。

間違いたくない。見失いたくない。誤魔化されたくない。誤魔化してしまいたくない。本物の怒りは、向けるべき相手に向けなければ駄目なのだ。

わたしが思ったことを菊池さんにちゃんと伝えたい。でも、うまく舌が回らなくて、わたしは情けない声で「違うよ、違うよ」とかぶりを振ることしかできなかった。

不意に、菊池さんの身体から力が抜けた。

「……ごめん」

か細い声で呟《つぶや》く。

「御蔵さんの言う通りだった……、ごめんなさい」

でもと、菊池さんが息を吐いた。

でも、でも、でも……。

菊池さんが身を翻《ひるがえ》す。

呼び止める間がなかった。

瞬く間に遠ざかっていく。今度は、敏捷《びんしょう》な草食動物を連想させた。

わたしは、菊池さんの後ろ姿が視界から消えてしまうのを、ただ、ぼんやりと見送っていた。

「あの、どうかしたの」

小物屋の店主がドアから顔を覗《のぞ》かせた。まだ若い女の人だ。転がったままの風鈴の箱に気付き、目を見開く。

「喧嘩《けんか》？　何か言い争っていたみたいだけど」

「あ、いえ」

わたしは屈《かが》みこみ、風鈴を拾い上げる。

壊れていないだろうか。

「大丈夫です。騒いで、すみません」

「騒いでたとは思わないけど、ちょっと険悪な空気、感じちゃって。ほんと、大丈夫？」

「はい」

わたしと基茅くんとわたしの手の中の箱を順に見やって、店主は軽く息を吐いた。

すっと店の中に引っ込む。

「御蔵さん」

基茅くんが行く手を塞《ふさ》ぐように、わたしの前に立った。

「説明してくれよ」

わたしはゆっくりと顔を上げた。

強張った基茅くんの表情が間近にあった。

「どういうことなんだ。謝れって、あれどういう意味なんだよ」

「うん……。でも、あの、基茅くん、バイト大丈夫？」

「大丈夫じゃない。けど、このまま放っておけないだろうが。親父と菊池さんがどうしたってんだよ。ちゃんと説明しろよ」

心臓が激しく早鐘を打つ。

吐きそうだ。

説明？　わたしに何が説明できるだろう。菊池さんの怒りを、愛衣さんの苦しみを説明するなんて、ちゃんと誰かに伝えるなんて無理だ。できっこない。

「もしかして、菊池さんのお姉さんて、親父の下で働いてたのか」

その一言が頬を打つ。

わたしは棒立ちになったまま、口を開け、空気を吸う。そうしないと窒息しそうだった。

「やっぱり、そうなのか」

基茅くんの顔が歪《ゆが》んだ。

くしゃりと音が聞こえた気がした。

「親父が夜中にぐでんぐでんに酔っぱらって帰ってきて、おふくろに向かって喚《わめ》いてたの聞いたんだ」

基茅くんは歪んだ顔のまま、わたしから視線を逸《そ》らした。

「『おれは、使えない新人を何とかしようとしただけだぞ』って。『おれ一人が悪いのか。おれだけの責任かよ』なんてことも言ってた。おふくろが必死に宥めてたっけ。あのころの親父、毎日、酔っぱらってた。酔っぱらって『ちくしょう、ちくしょう』って喚くんだ。でも、あの日は特にひどかったな……」

基茅くんはそこまで一息にしゃべって、目を伏せた。

「それまでにも怒鳴ることはあったし、おれに向かって、高校もろくに行けないやつは落伍《らくご》者《しゃ》だなんて罵《ののし》ることもあった。親父は一流の国立大を出てるんだけど、子どもが親より学歴が低くてどうするなんてことも言われた。殴られたこともある。けど、おふくろに手を上げたことはなかったんだ。一度もなかった……。でも、あの夜は違ってた。おふくろを殴ったんだ。こぶしで鼻血が出るほど殴った」

風が吹いて、風鈴が鳴る。けれど、基茅くんの声はかき消されない。掠れて、低いのにどんな物音も突き抜けて、わたしに届いてくる。

わたしは受け止める。

ただ、聞いている。

菊池さんのときと同じだ。他にできることが思い浮かばない。

「おれ、おふくろの悲鳴を聞いたとたん、頭の中が真っ白になった。おふくろの『止めて、止めて』って叫び声だけが、びんびん頭の中で鳴ってた。それから後のことはよく覚えてなくて、はっと気がついたら、おふくろがおれに縋《すが》りついて『止めて、止めて』って泣いてんだ。親父じゃなく、おれを止めてた。それで、親父は……」

基茅くんがこぶしを自分の目の高さまで持ち上げた。それが、奇妙な果実でもあるかのように、見詰める。

「親父は顔を覆《おお》って床に倒れてた。指の間から血が流れてて……。おれが殴ったんだ。

馬乗りになって顔を……、何度も何度も殴った……らしい。ほんと、覚えてないんだけどな」

基茅くんの腕が力なく身体の横に垂れ下がる。

「最初はおふくろを助けるつもりだったんだ。酔っておふくろを殴る親父が許せなかったんだ。確かに……。でも、すぐにそんなこと吹っ飛んじまって……。なんか、なんかなあ……」

基茅くんの唇がもぞもぞと動く。

――もういいよ。もう、しゃべらなくていいよ。

わたしは、そう告げるべきだろうか。父親が母親を殴る。自分が父親を殴る。事実としてしゃべるには、あまりに重いし、苦い。身体の芯《しん》を削られる心地がするのではないか。

だったら、もういいよ、基茅くん。もう、しゃべらなくていいよ。

でも、わたしは黙っていた。

基茅くんの話の先が知りたい。

基茅くんの父親の暴力。基茅くんの暴力。それがどこにどう繋がって愛衣さんと合わさるのか。

知りたい。

単なる好奇心、だろうか。ただ、自分の身近で起こっていた衝撃的な出来事、それを知りたいだけだろうか。だとしたら、罪深い。悪意を潜めたうわさ話、無責任な吹聴、姿を隠したままのネット上での誹謗《ひぼう》中傷。そんなものと大差ない。

でも、知らないといけない気がするのだ。焦《じ》れるように思うのだ。

わたしは、知らなければならない、と。

「爆発って言葉、フツーに知ってたし使ってた。けど、実感したのはあのときが初めてだったな。おれの中で今まで溜《た》まっていたものが一気に爆発したって感じで……。どんなものが溜まっていたか、ちゃんと説明できないんだけど。でも、おれ、大声で叫びながら、親父を殴り続けてたらしい。けど、ほんとに……よく覚えてなくて。おれの中に、すげえ、暴力的なものがいたんだって思ったら、ぞっとした。でも、でもな、すかっともしたんだ。溜まってたものを全部、吐き出したみたいなすかっとした気分になったのも事実で……。そういうの、怖くね？　怖いよな。親父を殴って気分いいなんて、むちゃくちゃ怖いよな」

基茅くんが身震いした。

「今も？」

「うん？」

「基茅くん、今もすかっとしてる？」

とても、そんな風には見えなかった。むしろ、怯えて縮こまっているようだった。

「今は……全然、駄目だ」

基茅くんがかぶりを振る。力のこもらない仕草だった。

「血だらけになった親父の顔、今も夢に出てくる。背中丸めて、犬みたいに喘《あえ》いでた。すごく、貧弱に見えた。こんなに痩《や》せてみすぼらしい男だったかなって思ったら、身体から力が抜けて、おれ、その場にへたりこんじまったんだ。横では、おふくろが泣いてるし、親父は呻《うめ》いてるし。何か、もう無茶苦茶な光景だったな。おれ翌日、家を出た。おふくろが暫《しばら》くばあちゃんの家に行ってろって。ほとんど強制的に家から出されたんだ。へへっ、本当のこと言うとさ、警察に捕まるかとびびってたとこある。暴行だもんな。でも、そんなことなかったけどさ」

ここでも崩壊だ。

基茅くんの家の中でも、何かが音を立てて崩れていった。

「ばあちゃんの家に転がり込んで、三日目だったかな。おふくろがやってきて、話してくれた。親父のこと。親父も上司に、かなりやられてたんだってさ」

「やられてたって、苛《いじ》められてたってこと？」

「うーん、どうなんだろうな。おれたちが考えるイジメってのとは多少ちがうかもな。上司が替わって、仕事の成果をより早くより大きく出すようにって厳しく言われるようになって、親父はそれに応《こた》えられなくて、ずっと無能呼ばわりされ続けてたらしい。おふくろ曰《いわ》く、親父って小さいときから有能だとは評価されても、無能だと嘲《あざけ》られたことはなくて。でも、実際に仕事の成績はぱっとしなくて、それで、どうしようもないほどストレスが溜まってたんだってよ」

「あ、でも、お父さん、デザイン企画とかそんなお仕事でしょ。それなのに、成果とか成績とかあるの」

「あるみたいだぜ。よくわかんないけど、その年トレンドになる空間デザインみたいなの作っていかないと駄目だとか何とか。毎年ならいいけど、半年ごととか三カ月ごととか、新しいの考える期間がどんどん短くなってるんだってさ、そう言われたら、確かにすげえストレスかなって、そうは思う」

　わたしも思う。

　まるで水だ。高い所から低い場所へと流れていく。しかも、どんどん圧を増して。愛衣さんは、流れのどん詰まりにいた。そして、水圧に押し潰《つぶ》されそうになった。だとしたら、元はどこなんだろう。基茅くんのお父さんの上司？　それとも、もっと上の人？

「なあ、御蔵さん、あ……」

基茅くんが素早く、ポケットからスマホを取り出し耳に当てた。

「あ、はい……。すみません、今、近くにいます。でも、後、五分だけ……はい、はい、いいですか。あ、はい、わかりました」

スマホを仕舞うと、基茅くんはわたしの手首を掴んだ。

「御蔵さん、ちょっと付き合ってよ」

「え？　付き合うって、どこに」

「おれのバイト先」

わたしの手首を掴んだまま、基茅くんは歩き出す。指は太くて、熱かった。大人の男の指だった。

五分後、わたしは花屋の中のカフェにいた。花に囲まれた、白いイスに座っている。

「ケーキとコーヒー、おごる。あ、ハーブティーの方がいい？　レモングラスとローズマリーしかないけど」

「え？　いいよ、そんな」

「おごる。おれが無理やり連れて来たんだから。な、菊池さんのこと教えてくれよ」

生成りのエプロンをした基茅くんは真顔だった。

「菊池さんのお姉さんって、親父の下で働いてたんだよな」

「……うん」

「それで、どうにかなっちゃったわけか。親父が原因で」

「言えない」

わたしは膝《ひざ》の上で指を握りしめた。

「言えないって、御蔵さん」

「ごめんなさい。でも、言えない。基茅くんのお父さんの部下だったのは、あたしじゃなくて菊池さんのお姉さんなの」

基茅くんが、瞬《まばた》きする。

あたしは軽く洟《はな》をすり上げた。微かな花の香りがする。べったり甘くない。優しい柔らかい匂《にお》いだ。

人は微かな花の香りのように、生きられないのだろうか。

ふっと、考えてしまった。

誰も傷つけず、誰も苦しめず生きていくのは不可能なのだろうか。

「他人のことを知ったように話したくない、ってわけか」

基茅くんが天井を見上げる。天窓が付いていて、たっぷりの自然光が差し込む造りになっていた。

「強情だよな」

「うん？」

「御蔵さんて、弱虫で恥ずかしがり屋で人見知り、いつももじもじしてるくせに、いざとなったらすげえ強情なとこあって、絶対、後には引かないんだよな」

「うそっ。あたし強情だなんて言われたことないよ」

「強情だよ。だって、言わないと言ったら絶対、言わないだろう」

にやっ。基茅くんが笑った。

「強情者だよ、御蔵さんは」

「弱虫で恥ずかしがり屋で人見知りで強情？　いいとこなんて一つもないじゃない」

「いい意味で強情なんだ。すごい、いい意味。な、御蔵さん」

基茅くんがテーブルに手をついた。

「おれの話、もうちょっと続きがある。親父、今、会社に行ってない。休職中だ。部下の管理ができていないって、その責任をとって資材倉庫の管理部に回されたんだ。

それがショックで、会社に行けなくなって、ずっと休んでるって。これもおふくろから聞いた」

部下の管理ができていない。それは愛衣さんの件を指しているのだろうか。

「親父の話、菊池さんに伝えてよ」

「え？」

「親父を許してくれとかそんなことじゃなくて、事実をそのまま伝えて欲しい。おれ、正直、わかんねえんだ。親父のこと昔も今も嫌いだ。親父みたいな大人になりたくない。けど、おれの知らない親父の弱さや優しさみたいなの、あるのかもしれないって思ったりもする。もしかしたら、親父なりに必死に生きて、働いてたのかもって。そしたら、嫌いなんだけどかわいそうにも感じられて。けど、かわいそうでお仕舞にしたくない気もしてる。わかんないんだ。本当は誰が悪いのか、誰が傷付いてるのかわかんなくなっちゃって。菊池さんや御蔵さんは、わかるのか、どう考えるのか、マジで聞きたい」

基茅くんが口をつぐむ。それから照れ笑いを浮かべた。

「おれ、すっげえおしゃべりじゃね？　こんなにしゃべったの、生まれて初めてかも」

「へい、おまたせしました」

紅いバンダナを頭に巻き、やはり生成りのエプロンをした男の人がテーブルの上にお盆を置いた。苺《いちご》ショートとうっすらと黄色がかったハーブティーが載っている。

「あ、いえ、注文してないです」

「おごり、おごり。陽介のカノジョならおごるよ。遠慮なくどうぞ」

丸顔に丸い眼鏡。背は高いけれど、小太りで何もかも丸い感じの男の人は、この店のご主人だ。ガラス戸ごしに、何度か見かけた覚えがある。

「カノジョじゃありません。ただの友達です」

わたしは、大きく頭《かぶり》を横に振った。右手も振った。

「御蔵さん、そんなに必死で否定しなくてもいいだろ。おれ、ちょっと、へこむんだけど」

「だな。おまえもおれと同様に、非モテ男子なわけか」

「いやあ、安濃さんと一緒にされたくないな。おれ、まだ、十代で、これからの人間ですから」

「おれが終った人間みたいに聞こえるじゃないかよ。おれの方がへこむぞ。ぐっしゃんだ」

「それ、へこむどころか潰れてますね」

安濃さんがからからと笑う。

わたしは息を吐いた。

基茅くんにはちゃんと居場所があるんだ。足掛かりにして前に進める場所ができたんだ。

わたしは傍らの風鈴の箱に視線を落とした。

伝えます。

基茅くんに聞いた話を菊池さんに伝えます。

わたしは、無言で基茅くんに告げる。

基茅くんはわたしの眼差しを受け止めて、頷《うなず》いた。

十三　ハリネズミの物語

「わからないよ」

菊池さんは言った。

「そんなの、全然、わかんない」

押し殺した声だけれど、菊池さんの揺れは伝わってきた。

心が揺れている。

眼では決して見ることのできないその動きを、わたしは確かに感じた。突然の風に丈のある草がざわめくように、烈《はげ》しい雷雨に川面《かわも》が波立つように、菊池さんの心は揺れている。

わたしは菊池さんの家のリビングにいた。花屋のカフェを出て、真っ直ぐにここに来た。留守かもと心配したけれど、菊池さんはいた。今日も一人のようだ。

わたしは風鈴の箱を渡し、話したいことがあると告げた。菊池さんは「ありがとう」と頭を下げた。それから眼差しだけで、わたしを促す。

あのリビングに通され、ソファーに座った。そして、基茅くんから聞いたことを、基茅くんから託された事実を告げた。できるだけ正確に、できるだけ感情に左右されないように努めながら。

話し終えて、聞き終えて、菊池さんは押し殺した低い掠《かす》れ声で言った。「わからないよ。そんなの、全然、わかんない」と。

わからない。わたしも、わからない。

「お姉ちゃんをあそこまで追い詰めたのは、基茅なんだ。その基茅も被害者だって言うわけ？」

「被害者かどうか、わからない」

正直に答える。

菊池さんが呼び捨てた〝基茅〟、基茅くんのお父さんは愛衣さんを苛《さいな》んだ。直接的な暴力は使わなくても、言葉で、態度で切り刻んだのだ。一人の人間から生きていく力を奪った。

それは明らかな罪だ。

でも、〝基茅〟も愛衣さんと同じ目に遭っている。同じように追い詰められて、喘いでいる。

「会いに行く」

菊池さんは立ち上がり、わたしを見た。

「基茅の住所、教えて。御蔵さん」

菊池さんを見上げ、わたしは息を吸う。菊池さんが多分、そう言うだろうと予想していた。「おれが案内する」という基茅くんの申し出を断り、わたしは基茅くんの家の住所と地図を記した紙を受け取っていた。

「あたしも一緒に行っていい？」

「御蔵さん、関係ないでしょ。あたし一人で大丈夫」

「ううん、一緒に行く」

「やめてよ。興味本位でついてこないで」

「違う。そんなんじゃない」

わたしも立ち上がった。立っても、背の高い菊池さんを見上げるようになる。

「そんなんじゃないよ。菊池さん」

傍にいたいのだ。

現実にぶつかっていく菊池さんの傍にいたい。支えられるなんて思い上がってはいない。何かの役に立つためじゃなく、ただ傍にいたいのだ。

菊池さんが目を逸らした。

「お節介だ」

と、呟く。その後、視線をわたしに向け「ありがとう」とさらに呟いた。

基茅くんが連絡をしていたらしい。

わたしたちがチャイムを押す間もなく、おばさんが玄関を飛び出してきた。おそらく、わたしたちの来るのをずっと待って、外を窺《うかが》っていたのだろう。

「鈴美ちゃん、大きくなったねえ」

目を細めたおばさんは、白髪が増えて別人のように痩せていた。道ですれ違っただけでは、基茅くんのお母さんだとは気が付かないかもしれない。

おばさんは無言のまま、菊池さんに頭を下げた。

「……どうぞ、中に」

おばさんが玄関のドアを開ける。わたしは息を呑み込んだ。

でっぷり太ったスウェット姿の男が、玄関マットの上に仁王立ちになっていた。

菊池さんが一歩、前に出る。

「菊池です。初めまして」

大人のように、きちんと挨拶《あいさつ》する。

「基茅です。何の御用ですかな」

男は立ったまま顎《あご》を上げ、胸を反らした。

「姉の、菊池愛衣のことで来ました」

「菊池？　あぁ、そんな新人がいたかなぁ」

男が薄く笑う。そして、言った。

「よく覚えていないなぁ、指導しなきゃならない新人はたくさんいたから」

「覚えてないなら話を聞いて下さい。菊池愛衣の話です。今、どうなっているのか」

「黙れ！」

突然、男が叫んだ。

「おまえら何をしに来た。おれに復讐《ふくしゅう》に来たのか」

男が叫び続ける。唾《つば》が四方に散った。

「おれをどうするつもりだ。おれが何をした。会社のために、会社のために……必死で働いて……働いただけだ。それを、どうしてとやかく言われなきゃならん。え？　おれが何をしたってんだ。上から言われた通り、成果をあげようと努力しただけじゃないか。なのに、何だこの扱いは。おれをどうしてこんな目に遭わせる」

「あなた」

おばさんが男、基茅くんの父親に縋りついた。

「止めてください。もう、止めて。違うでしょ。この人たちは違うでしょう」

父親が不意にくたくたとくずおれた。両手を床に突き、額をこすりつける。

「すみません。すみません。みんな、おれが悪かった。そんなつもりじゃなかったんだ。何としても、結果を出さなくちゃいけなくて……。菊池くんには悪いことをした。かわいそうなことをした。でも、でも、仕方なかった……。おれが悪かった。おれが無能だったんだ。だから、周りを巻き添えにして……」

嗚咽《おえつ》が漏れる。男は、身体《からだ》中を震わせて泣いている。

まるで子どもみたいだと、わたしは感じた。混乱して泣き喚く子どもみたいだ、と。

菊池さんの横顔が強張る。唇が少し動いたけれど、声は出てこない。

「おれが悪かった。ほんとうに申し訳ない」

男は背中を丸め、さらに額をこする。皮膚が破れて血が滲《にじ》んでいるんじゃないだろうか。菊池さんは無言で、男を見下ろしていた。男は泣き続ける。おばさんも涙を流していた。

不意に菊池さんが、身体を回した。男に背を向け駆け出す。一呼吸遅れて、わたしも外に走り出た。ついさっき歩いてきた道を走る。

駅近くになって、菊池さんはやっと立ち止まった。

「お姉ちゃんと……同じだ」

喘ぎながら、言う。

「急に怒鳴ったり、急に泣き出したり、謝ったり。お姉ちゃんと同じ」

わたしに返事はできない。大人が壊れていく様を初めて目にした。

怖い。悲しい。

わたしたちが生きている、これからも生きていく世界はこんなにも怖くて、悲しいものなのだろうか。誰が、ここまで歪めてしまったのだろうか。

「どうして、基茅がお姉ちゃんと同じなのよ。同じように泣いたり喚いたりしてるのよ。おかしいよ。あいつも被害者だなんて、あたし……嫌だ」

菊池さんがこぶしを握る。そして、

「……許さないよ」

と、唸《うな》るように声を絞り出した。

「あたしは許さない。基茅がどんな目に遭っていたって、だからって、許せない。でしょ。もしかしたら、基茅をあんな風にした上司だって同じかもしれない。上司から怒鳴られて、あれこれ押し付けられて、ストレス溜めて……。基茅を許したら、みんな、誰もかも全部、許すことになっちゃう」

菊池さんが長い息を吐いた。

湿った風が吹き付けてくる。

風が連れてきた雲が空を覆い始めた。もしかしたら、雨が降るのかもしれない。

「ねえ、御蔵さん」

菊池さんが振り返る。声音はもう掠れてはいなかった。

「あたし、基茅を許すことなんかできない。でも、許せないなら誰に怒りをぶつけたらいい？　あたしの本当の敵って、誰？」

わたしは答えようとした。明確な答えなんて出せるわけがない。わたしは何も知らないし、何もわかっていない。でも、何か答えなきゃと思った。「わからない」の一言でも答えなきゃと思った。

でも、言葉にならない。

「わからない」と言ってはいけない気がしたのだ。わたしたちはまだ高校生で、社会とか世間とか学校の外に張り巡らされた仕組みをほとんど知らない。働いたこともないし、会社という組織に属したこともない。保護されている。守られている。羽も生えそろっていない雛《ひな》だ。だけど、「わからない」で済ませてはいけない。

強く思った。

「あたし、お姉ちゃんのようにはならない」

菊池さんが奥歯を嚙み締めた。頰の線がきりっと引き締まる。

「だから、ちゃんと戦うんだ。全部、自分のせいにして泣いたりしない。泣いて、我慢して、壊れていくなんて嫌だ」

「うん」

わたしは顔をまっすぐに上げた。

「あたしも嫌だよ」

自分を貴びたい。大切にしたい。この命を、この身体を、この心を誰にも傷つけさせない。損なわせはしない。それをしようとする者に牙をむく。

わたしたちは雛だけれど、牙を持つのだ。

怒ることを忘れたくない。わたしたちの牙を抜こうとする相手に屈したくない。

怒り続ける。

身体の芯がちょっぴりだが、熱くなった。

わたしの中に熱い芯が存在している。

そのことに気が付いた。菊池さんと知り合わなかったら、気が付かないままだったろうか。それとも、いつか、ちゃんと摑めただろうか。

「でも、基茅くんには謝らないといけないな」

菊池さんが呟く。それから、ふっと笑った。こぶしがゆっくりと解《ほど》けていく。

「怒鳴っちゃったもんね、あたし。本気でちゃんと謝らなくちゃ」

「じゃっ、明日、寄る？」

「うん？」

「基茅くんがバイトしている花屋の中のカフェ。苺《いちご》ショート、むちゃくちゃ美味《おい》しかった」

「ほんと？　あ、でも、甘ったるいケーキはちょっと苦手かも」

「それが甘ったるくないんだなあ。あっさりしてて、でも、苺とクリームの風味はちゃんと口の中に残るんだ。びっくりするぐらい美味しかった。ハーブティーも香りが好《よ》くて、ケーキとばっちり合ってたよ」

「うわっ、聞いてるだけで唾が湧《わ》いてきた。御蔵さん、明日、連れて行ってくれる？」

「いいよ。行こう」

「あっ、でも、目的はケーキじゃなくて基茅くんに謝る、だ。忘れないようにしなくちゃ」

菊池さんは目を伏せ、「御蔵さん」とわたしを呼んだ。

「付いてきてくれて、ありがとう。あたし一人だったら、こんな風に笑えなかった。ケーキの話なんかできなかった。頭がぐちゃぐちゃで整理できなくて、どうしていいかわからなくて……」

たわいない話。ささやかな会話。そんなものじゃ、世の中は変えられない。でも、人を微笑《ほほえ》ませるぐらいはできる。

だから、みんな、おしゃべりが好きなのだろうか。

八杉さんたちの笑い顔がぽかりと浮かんだ。

「あたし、これ、持ってきたんだ。お姉ちゃんのところに持って行こうと思って。御蔵さんにもらったのとはまた違う音でしょ。なんか喜ぶ気がする」

菊池さんはバッグから小さな箱を取り出した。中身を摘《つま》み上げる。

風鈴だった。

金魚模様だ。

紅《あか》い金魚が三匹、薄青のガラスの上を泳いでいる。菊池さんがふっと息を吹きかけた。涼やかな音が響いた。

この音は疲れ切った愛衣さんを慰めることができるだろうか。慰められますようにと、祈る。この世界には、人を慰めるものも癒《いや》すものも幸せにするものも、たくさんあると信じたい。

「ねえ、御蔵さん」

風鈴を見詰めながら、菊池さんがわたしを呼んだ。

「うん？」

「『森の王国』の住人なら、どうなんだろうね」

「は？」

「あの国にはいろんな動物が住んでるでしょう。いろんな事件も起こるよね。卵を取られたり、罠《わな》にかかって片足を失《な》くしたり、猟師に母親を撃ち殺された子狐《こぎつね》もいたよね」

「あ、うん」

「みんな、誰かを怨《うら》んだり、怒ったりして生きているのかなあ。それとも……運命だって諦めてるのかなあ」

チリン。

風鈴が鳴った。

その夜、わたしは久々に『森の王国』の続きを書いた。

パソコンの画面に向かい、キーを打つ。

森の王国　ハリネズミは月を見上げる

森の王国の片隅に、ハリネズミの巣がありました。

小さなハリネズミが一匹だけ住んでいます。

ハリネズミの両親は早くに亡《な》くなりました。兄弟も姉妹も亡くなりました。ハリネズミはひとりぼっちなのです。

友だちもいませんでした。

ハリネズミはとても短気で、すぐに背中の毛を立てると、みんなから嫌われていたのです。

毛はその名の通りハリのように硬く、強く、たいていのものは突き通してしまいます。

「ハリネズミは乱暴者だ」

狸《たぬき》が言いました。

「おれの指を思いっきり刺しやがった」

猿も同調します。

「おれもだ。手のひらをしこたま傷つけられた。痛いったらありゃしない。とんでもないやつだぜ。みんな、近づかない方がいい」

二人があちらこちらで吹聴《ふいちょう》するので、森の誰もハリネズミの近くに寄ってこなくなりました。ハリネズミを見つけたら、さっさといなくなってしまうのです。

でも、違います。

狸も猿も、ハリネズミに悪さをしようとしたのです。陽だまりでうつらうつらしていたハリネズミをつついて遊ぼうとしたのです。猿などは棒を摑《つか》んで、叩《たた》こうとさえしました。だから、毛を逆立て、身を守ったのです。

狸の指を刺し、猿の手のひらを突きました。

あれは悪いことだったんだろうか。

ハリネズミは考えます。そして、亡くなった母親の言葉を思い出します。

「わたしたちはね、誰かを傷つけるためにハリのような毛を持っているわけじゃないよ。このハリの毛は自分を守るために使うんだ。そのために、神さまがわたしたちに授けてくれたのだからね」

ハリネズミは考え続けます。

ぼくは、母さんの言葉に叛《そむ》いたんだろうか。狸さんや猿さんを傷つけたのは、間違ったことだったんだろうか。

ぼくは間違っていた？　だから、ひとりぼっちなのか？

淋《さび》しいなと、ハリネズミは呟《つぶや》きました。

もし、この毛が無かったら、ハリのように尖《とが》っていなかったら、みんなはぼくを仲間に入れてくれるのかなあ。

敵から守ってくれる。でも、他の者を遠ざけもする鋭い毛。

ハリネズミはゆっくりと背中の毛を揺らしてみます。

カシャカシャと硬い音がしました。

その夜は満月でした。

ハリネズミは月を見上げ、一粒だけ涙を流しました。

そのときです。

かさこそと草藪《くさやぶ》が動きました。

「誰、誰かいるの」

ハリネズミが叫ぶと、小さな耳が二本、ひょこりとのぞきました。

「おや、野兎《のうさぎ》の女の子か」

「こんばんは。ハリネズミさん、何をしてるの」

「月を見てるんだよ。今夜は、満月だから」

「でも、泣いていなかった？」

「え？　あ、ちょっと目にゴミが入っちゃったから……」

恥ずかしくて、ハリネズミは嘘《うそ》をついてしまいました。

野兎の女の子は空を見上げ、「ほんとにきれいなお月さまだ」と笑いました。とても、かわいい笑い声でした。

「ねえ、ハリネズミさん、ダンスをしましょう」

「ええっ、ダンス？」

「そうよ。お月さまの下でダンスをするの。すてきでしょ」

「ぼく、ダンスなんてしたことないし……」

「平気、平気。あたしが教えてあげる」

野兎はハリネズミの手を取ると、ぴょんぴょんと軽やかに跳ねました。ハリネズミも跳ねます。

丸い大きな月の下で、野兎とハリネズミは踊り続けました。

ハリネズミに初めて友だちができたのです。

でも、野兎のお母さんは、娘が乱暴者と評判のハリネズミと一緒にいることが心配でなりません。

あの子が刺されたらどうしよう。死んでしまうかもしれない。

その日も、野兎の女の子はお母さんが止めるのを振り切って、ハリネズミの巣に出掛けてしまいました。

「ハリネズミさんは、たいせつな友だちだよ。乱暴者なんかじゃないよ。お母さん、何にも知らないでしょ」

そんな言葉を投げつけて、飛び出していったのです。

何ということでしょう。

もう、我慢が出来ません。

お母さんは、ハリネズミの巣まで出向いていきました。

いました。いました。

二人は巣の前で、楽しそうに踊っています。

あの子ったら、嫌われ者とあんなに仲良くして……。

お母さんは忌々《いまいま》しい気持ちでいっぱいになりました。でも、よく見ると、ハリネズミは優し気な顔をしています。乱暴者の様子はまるでありません。

お母さんは、首を傾《かし》げました。

「あ、お母さん」

野兎の女の子が目敏《めざと》く、お母さんを見つけました。ぴょんぴょん跳びながら走り寄っていきます。お母さんはとっさに両手を広げ、女の子を胸に抱きました。

そのときです。

突然、草陰から一匹の大きな狐が飛び出しました。

「うへへ、チビだけかと思ったら、丸々した親までいるのか。こりゃあ、久しぶりのごちそうに、ありつけるな」

長い舌がべろりと覗《のぞ》きます。狐の口から涎《よだれ》が滴《したた》り落ちました。

「あ……あ、お願い、え、餌《えさ》にするのはわたしだけにして。この子は……この子だけは助けて」

お母さんは震えながら、狐に頼みました。

「だめだめ、おれは腹が減っているんだ。どちらもいただくさ」

ぐわぁ。

狐が口を思いっきり開けました。

ああ、もうだめ。

お母さんは女の子を抱え、目を閉じました。

「ぎゃおおおーっ」

狐の悲鳴が響きます。

え？

目を開けると、ハリネズミをくわえた狐が地面を転がっていました。その口が血だらけになっています。

「ぐあぁぁぁぁぁ」

狐が大きく頭を振った瞬間、ハリネズミが転がり落ちました。

「うわあああ、痛い。痛い」

ハリネズミのハリが狐の口の中にしっかりと刺さっていたのです。

「許さないぞ」

地面に叩きつけられても、ハリネズミは叫びました。

「ぼくの友だちを餌にするなんて許さない」

ハリネズミから怒りがほとばしります。逆立ったハリの毛が怒りとともに飛んでくるように、狐は感じました。

「ひえぇぇ、た、助けて」

おそれおののきながら、狐が逃げていきます。

「ハリネズミさん」

野兎の女の子とお母さんは、ぐったりと倒れているハリネズミに駆け寄りました。

「……二人とも、無事だった……。よかった」

ハリネズミが少しだけ笑いました。口の端から血が出ています。

「たいへん。ハリネズミさん、しっかりして」

お母さんは、騒ぎを聞いてかけつけた森の仲間に事情を話し、ミミズクのお医者さんを呼びに行ってもらいました。

「ハリネズミさん、ありがとう。あなたのおかげで助かりました」

お母さんは涙を流し、ハリネズミの手を取りました。

「ハリネズミ、お医者さんが来るまでがんばれ」

森の仲間たちが、口々に励まします。その中に狸がいます。猿もいます。二匹とも目に涙をためていました。

「死んじゃ、駄目だぞ」

「がんばって」

「ごめんよ、ハリネズミ」

「もう二度ときみに悪さなんてしない。だから、死なないでくれ」

その声を聞きながら、ハリネズミは、またうっすらと微笑みました。

ぼくのハリはぼくの友だちを守れた。

このハリの毛は守るためにあったんだ。

誇らしい。ぼくはぼくのハリが誇らしい。

ハリネズミは月を見上げました。

丸く金色に輝く美しい月でした。

ふと時計を見ると、日付が変わろうとしていた。

わたしは窓を開け、夜気を吸い込む。

ハリネズミが見上げたような月は、夜空のどこにもなかった。

「あたしに？」

菊池さんが瞬きする。

「うん、読んでくれる？　時間のある時に」

「もちろん。『森の王国』のファンとしては、続きが読めるなんて嬉《うれ》しいよ。ね、キツツキのおかみさん出てくる？」

「出てこない。出てくるのはハリネズミ」

「ハリネズミ？」

「え、何のこと？」

基茅くんが、菊池さんに渡した茶封筒を覗き込む。

「基茅くんには関係ないの。ほら、ちゃんとバイトして」

花屋のカフェ、一番隅っこのテーブルで、わたしと菊池さんは苺ショートを食べ終えたところだった。

菊池さんは、基茅くんに謝った。

深々と一礼したのだ。

「おれは、どうしたらいい」

基茅くんが問うてきた。

「親父《おやじ》のこと……どうしたらいい」

基茅くんの視線がわたしと菊池さんの間をうろつく。

「おれに何ができるんだろうか」

基茅くんの呟きに、わたしはかぶりを振った。基茅くんが目を伏せる。唇を噛《か》む。

悔しげにも悲しげにも見える表情だった。

基茅くんのお父さんのことは、お父さんの問題だ。基茅くんが詫《わ》びることでも、恥じることでもない。

ただ、菊池さんは許さないだろう。

基茅くんのお父さんを許さない。だから、捜し続ける。本当に怒《いか》るべき相手を見つけてみせる。

わたしも、そうしたい。

怒ることを忘れたくない。

わたしは針を持っている。怒りという小さな針だ。それを大切にしたい。いや、しなければならない。強く思う。

菊池さんと目が合った。

「おれに何が……」

基茅くんがもう一度低く、呟いた。

「ほい。カノジョ二人に、ハーブティーのおかわり。サービスだよ」

安濃さんがガラスのティーポットをテーブルに置いた。

「カノジョじゃないです」

わたしと菊池さんの声が重なる。

「だから、全否定するなって。半端《はんぱ》なくへこむから」

「まったく、女ってのは残酷だからなあ」

「あ、それ女性に対する偏見です」

基茅くんがすかさず指摘する。

「偏見じゃない。悲しい実体験だ」

安濃さんのしみじみとした口調がおかしくて、わたしは噴き出してしまった。

菊池さんも笑う。

基茅くんも笑っていた。

白い薔薇《ばら》が、わたしたちの笑い声に揺れているようだ。

甘い香りが微《かす》かに漂った。

朝、快晴。

わたしは家を出る。駅に向かって歩く。途中まで母と一緒だ。

「ねえ、鈴美」

バス停のところで母が立ち止まった。母はここからバスに乗る。

「ちょっと、背が伸びたね」

「そう？」

「ええ、伸びたわ。母さん、完全に追い越されちゃったもの」

「今さら？　追い越したのずっと前じゃない」

「え、そんなことないでしょ。でも、まあそうかな」

横を向き、母は口を窄《すぼ》めた。

「鈴美、母さんね、今の暮らしが好きなの。楽に息ができるみたいでね」

「うん」

「それ、きっと、あんたがいてくれるからだね」

「それも、今さらだよ。けど母さんあたし、いつか出て行くよ」

自分の針を持った者として、母の庇護《ひご》から飛び出して行く。

「そうね、母さんも覚悟しとかないとね」

そこで目を細め、母は続けた。

「鈴美、どんな大人になるんだろうな」

肩を竦《すく》め、照れたように母が笑う。朝の光の中で、うっすらと紅を塗《ぬ》った唇が艶《つや》めいた。

バスが来る。青い車体が遠くに見えた。

「じゃあね、いってきまーす」

母に背を向け、わたしは歩き出す。

見なれた街の風景の中を、駅へと歩く。
朝の光が眩《まぶ》しかった。

解説

藤田香織

突然ですが、まずひとつ質問を。

今までに自分の気持ちを言葉にできず、呑《の》み込んでしまった経験が、あなたにはありますか?

と、訊《き》くまでもなく「ある」と応《こた》える人が圧倒的に多いのではないでしょうか。

教室で、部活で、時には家の中や遊びに行った楽しい場面であったとしても、自分の感情をそのまま表すことはそう簡単ではありません。誰にも遠慮せずに思ったことを口に出せるのはヒエラルキーの頂点に君臨する暴君か、その世界に属していない、王様は裸だと言える者だけ。自分が居場所としている世界からはみ出し除外されないためには、場の空気をよんで、自分のポジションを確認して、求められている役割に相応《ふさわ》しい言葉を選んでしまうのは仕方がない部分もあります。

でも、だけど。そうしたことを繰り返しているうちに「本当の私って」迷宮に踏み込んでしまいがちなのが悩ましい。これは冗談だから、という空気のなかで容姿いじりをされて「ひどーい！」などと愛想笑いをしているときのあの息苦しさ。自分はそうは思わないのに「〜じゃない？」と問われて、つい「だよねー」と応えてしまったとき胸に残る苦々しさ。自分が発する言葉が自分の気持ちと、どんどんずれていってしまう不安を抱えている人は、年齢を問わず今、とても増えているように感じます。

本書『ハリネズミは月を見上げる』に登場する御《み》蔵鈴美《くらすずみ》も、言葉を呑み込み続けてきたひとりです。小学六年生のとき、クラスメイトたちが自分のことを「しゃべりがもたもたし過ぎてうざい」「マジ、いらっときちゃうよね」と噂《うわさ》しているのを偶然耳にしてしまった鈴美は、その時はじめて〈わたしがとても不器用で不細工で、そのつもりがなくとも他人を苛《いら》つかせてしまう〉ことに気付いてしまった。

そんなことがあれば、注意深くなるのも当然で、高校二年生になった現在、鈴美は〝控え目でおっとりして、ちょっと天然入ってる女の子〟というキャラクターを自らに設定し、学校生活を無難に過ごしています。〈わたしも十二歳のころより、幾分だけれど器用になっていた。生きていく要領みたいなものを自分なりに呑み込んできたのだ。話を合わせるコツも、頷《うなず》くタイミングも、様々な笑い方もそれなりに手に入れた。なにより懸命に想《おも》いを伝えようなんて努力しない方がいいのだと学んでいた〉。

それは、素の、ありのままの自分では生きていけないと悟った鈴美が、自分を守るためにまとった鎧《よろい》でもありました。

物語には、通学途中の電車内で痴漢に遭ったことを機に、鈴美がその鎧を自らの手で少しずつはぎ取っていく姿が描かれていきます。

身を守っているつもりでいた鎧が、じわじわと気力や体力を奪い自分を弱らせていることに鈴美が気付いたのは、電車内に居合わせた菊池《きくいけ》比呂《ひろ》との出会いがきっかけでした。鈴美は、精いっぱいの勇気を出して声をあげたにもかかわらず、痴漢男に反撃され、怒鳴りつけられ恐怖に震えていたところを比呂に救われたのですが、そこからの流れが最初の大きな読みどころ。毅然《きぜん》と痴漢に立ち向かった比呂が、鈴美に「あなたも最低。許せない」と鈴美に言い放つ場面です。

「あなた誤魔化そうとしたよね」「自分が悪くないってわかってるのに、謝ろうとしてたじゃない」「謝っちゃえば楽だから、あの男に謝ろうとしたでしょ」「自分が悪いと思ってないのに謝るなんて、最低」。言い募る比呂の言葉がぐさぐさと胸に刺さったのは、鈴美だけではないでしょう。かくいう私も、シチュエーションは違うものの身に覚えがありすぎて、あぁ……とつい目を伏せてしまいました。さらに、その直後、言い当てられ、言葉に詰まっていた鈴美が感情を爆発させる場面も印象的です。「あたしはあなたみたいに強くないんだから」と言ってしまう鈴美の弱さと卑屈さ。取り繕うことなく気持ちをぶつけてしまった戸惑い。けれど、このとき同時に、鈴美は自分が変わっていく予兆のようなものを感じていたようにも見えるのです。

お互いの名前を知り、共に学校の生徒指導室に呼び出され、言葉を交わし、慎重に比呂との距離を縮めていく鈴美。鈴美は比呂を変わっている人だと思っていて、比呂は鈴美をいい人だと言う。漠然とした、あたりさわりのない感触が、徐々に徐々に変化していく。

その過程で明かされる鈴美と比呂、それぞれの家族との関係性も読ませます。大学の教員をしていた寡黙《かもく》で理知的だった夫との生活を「ほんとに窒息しそうだったのよ」と話す鈴美の母。幼い頃から七つ上の姉と比べられ、母親から「みっともない」、「死ぬほど恥ずかしかった」と言われて育った比呂。やがて菊池家が直面している問題が明らかになり、凛《りん》と背筋を正し常に毅然としている比呂もまた、鈴美とは種類の違う鎧をまとっていたのだと気付かされます。比呂との出会いによって、鈴美が変わっていくだけでなく、比呂もまた鈴美によって重い鎧を脱ぐことができたのだ、と。

鈴美の幼馴染《おさななじみ》である基茅陽介《もとかやようすけ》が、自分と家族の抱える苦悩の元凶に近い人間だと知り、比呂が取り乱す場面があります。手にしていた風鈴を陽介に投げつけ、「お姉ちゃんに謝れ！」「お姉ちゃんに、あたしたちに謝れ」と叫びながら今にも飛びかかろうとする姿には、それまで読んできた比呂の印象と違う、と、戸惑う読者もいるかもしれません。

けれど、個人的にはこの場面が、とても好きです。

常に冷静で正しく、自分にも他人にも厳しくあろうとしていた比呂が、客観的に見れば明らかに間違ったことを陽介にぶつけている。理性よりも怒りの感情が先に立っている。その姿を目にした鈴美が、「菊池さん、怒る相手が違うよ」と気持ちに寄り添いながらも、比呂の間違いをちゃんと声にする――。ふたりの変化、鈴美の心のなかに新しい「芯《しん》」になるものが生まれ、比呂のなかにあった心のバリアが壊れていくのを感じます。続く陽介の辛《つら》い告白も、その話を〈知りたい〉と思う気持ちに自問自答しながら鈴美が黙って聞いているのもまた然《しか》り。（御蔵さんって）「強情だよな」と陽介に言われ、鈴美が驚くのもいい。御蔵鈴美が〝控え目でおっとりして、ちょっと天然入ってる女の子〟として振る舞っても、そう見ている人ばかりではないのです。鈴美は「弱虫で恥ずかしがり屋で人見知りで強情？　いいとこなんて一つもないじゃない」と陽介に文句を言っているけれど、これは内心、ちょっと嬉《うれ》しく思っているのでは。

「興味本位でついてこないで」と比呂に拒絶されても、「そんなんじゃないよ。菊池さん」と、鈴美ははっきり言葉を返し、〈ただ傍にいたいのだ〉と強い思いを抱きます。比呂は、その気持ちを受け止め、疑って拒んだ自分に気恥ずかしくなって「お節介だ」と呟《つぶや》きながらも、ちゃんと鈴美を見て「ありがとう」と言う。こうした印象的な場面を挙げていけばきりがないけれど、少し視点をずらすと、高校生である鈴美と比呂の心の変化だけでなく、何気なく綴《つづ》られる周囲の大人たちの「気づき」も見えてくるのが本書の深みです。生徒指導室で話を聞いた後「御蔵も申し訳なかった」と謝罪した片森先生。話のなかで「いい奥さんでいたかったんだ」と呟いた鈴美の母。「気づきました」とは書かれていないのに、読者は彼らが気づいたことがわかるのです。

一方で、比呂の姉や、母、陽介の父は、年齢でいえば十分な大人で、けれど大事なものが見えなくなり、気づけなくなっています。大人だからこそ、「我慢」してしまうことは現実にも多々あるもの。特に、苦しい、辛い、嫌だといった感情は、口に出そうとすると、自分が劣っているからではないかと不安にもなるし、これを言ったら面倒なことになると怖気《おじけ》づくことも多いでしょう。「普通」は「みんな」は「あたり前」にしていることが、なぜできないのかと責められているような気にもなる。けれど、だからといって目を逸《そ》らし、耳を塞《ふさ》いで、口をつぐんでいたのでは、状況は変わらない。むしろ、都合のいいように扱われ、使いものにならなければ排除されかねません。

物語の終盤で、鈴美はこんな決意をします。〈自分を貴びたい。大切にしたい。この命を、この身体《からだ》を、この心を誰にも傷つけさせない。損なわせはしない。それをしようとする者に牙《きば》をむく。／わたしたちは雛《ひな》だけれど、牙を持つのだ。／怒ることを忘れたくない。わたしたちの牙を抜こうとする相手に屈したくない。／怒り続ける〉。これはなにも雛の時期に限ったことではありません。同じ気持ちを、いつになっても持ち続けていて欲しいという願いが、本書には込められているように私には感じるのです。

作者であるあさのあつこさんは、本書だけでなく、自分を手放すことなく生きるために、読者の背中を押してくれる物語をこれまでにも多く書き続けてきました。近著となる『神無《かんな》島《じま》のウラ』（小学館）も、妻から幾度となく、あなたのことがわからない、何を考えているのか理解できないと言われ離婚した小学校の先生が主人公で、ずっと下手くそな芝居を演じて生きているようだと感じているその根源に迫っていく物語。第三弾となる単行本『闇《やみ》医者おゑん秘録帖《ちょう》　残陽の廓《さと》』（中央公論新社）が発売されたばかりのおゑんシリーズでは、第一弾『闇医者おゑん秘録帖』（中央公論新社→中公文庫）から、主人公のおゑんは患者たちに繰り返し自分の胸の内を、ちゃんとしゃべるようにと説いています。「泣いていても誰にも何にも伝わりゃしないんだから」、「今ここには、お春さんとあたしとお鈴さんがいる。あたしとお春さんには、二つずつ耳がついてる。あんたの話を聞くことのできる耳が四つもあるんですよ」。江戸の街で望まぬ妊娠をしてしまった女性たちを診ているおゑんのシリーズは、時代小説を読んだことがない読者の方にとって、ちょっと手が出しにくいかもしれません。が、おゑんさんの患者は、考えてみれば鈴美たちと同年代のことも多く、現代に繋《つな》がる悩みを抱えていることも、決して珍しくはないのです。

　なにが「フツウ」でなにが「トクベツ」なのか。それを決めるのは誰なのか。人生において、誰よりも長くつき合っていくのは、自分自身。誰だって、我慢して、諦《あきら》めて、自分が悪いと引き受けて壊れていくなんて嫌に決まっています。本書から手渡されたハリは、きっとこれから歩んでいく日々の小さな、けれど頼もしい武器になる。どんな大人になるのか、どんな明日を生きるのか。いつだって、自分で決める貴方《あなた》でいて欲しいと、心から願っています。

（二〇二三年三月、書評家）

この作品は二〇二〇年八月新潮社より刊行された。

赤川次郎著

ふたり

交通事故で死んだはずの姉の声が、突然、頭の中に聞こえてきた時から、千津子と実加、二人の姉妹の奇妙な共同生活が始まった……。

朝吹真理子著

きことわ

芥川賞受賞

貴子《きこ》と永遠子《とわこ》。ふたりの少女は、25年の時を経て再会する――。やわらかな文章で紡がれる、曖昧で、しかし強かな世界のかたち。

伊坂幸太郎著

砂漠

未熟さに悩み、過剰さを持て余し、それでも何かを求め、手探りで進もうとする青春時代。二度とない季節の光と闇を描く長編小説。

井上荒野著

あたしたち、海へ

親友同士が引き裂かれた。いじめる側と、いじめられる側へ――。心を削る暴力に抗う全ての子供と大人に、一筋の光差す圧巻長編。

石田衣良著

4TEEN

【フォーティーン】

直木賞受賞

ぼくらはきっと空だって飛べる！ 月島の街で成長する14歳の中学生4人組の、爽快でちょっと切ない青春ストーリー。直木賞受賞作。

伊与原新著

青ノ果テ

―花巻農芸高校地学部の夏―

僕たちは本当のことなんて1ミリも知らなかった――。東京から来た謎の転校生との自転車旅。東北の風景に青春を描くロードノベル。

恩田陸著

夜のピクニック

吉川英治文学新人賞・本屋大賞受賞

小さな賭けを胸に秘め、貴子は高校生活最後のイベント歩行祭にのぞむ。誰にも言えない秘密を清算するために。永遠普遍の青春小説。

川上未映子著

あこがれ

渡辺淳一文学賞受賞

水色のまぶた、見知らぬ姉――。元気娘ヘガティーと気弱な麦彦は、互いのあこがれのために駆ける！　幼い友情が世界を照らす物語。

加納朋子著

カーテンコール！

閉校する私立女子大で落ちこぼれたちを救済するべく特別合宿が始まった！　不器用な女の子たちの成長に励まされる青春連作短編集。

佐藤多佳子著

明るい夜に出かけて

山本周五郎賞受賞

深夜ラジオ、コンビニバイト、人に言えないトラブル……夜の中で彷徨う若者たちの孤独と繋がりを暖かく描いた、青春小説の傑作！

重松清著

きみの友だち

僕らはいつも探してる、「友だち」のほんとうの意味――。優等生にひねた奴、弱虫や八方美人。それぞれの物語が織りなす連作長編。

住野よる著

か「」く「」し「」ご「」と「

5人の男女、それぞれの秘密。知っているようで知らない、お互いの想い。『君の膵臓をたべたい』著者が贈る共感必至の青春群像劇。

瀬尾まいこ著

あと少し、もう少し

頼りない顧問のもと、寄せ集めのメンバーがぶつかり合いながら挑む中学最後の駅伝大会。襷が繋いだ想いに、感涙必至の傑作青春小説。

中沢けい著

楽隊のうさぎ

吹奏楽部に入った気弱な少年は、生き生きと変化する——。忘れてませんか、伸び盛りの輝きを。親たちへ、中学生たちへのエール！

梨木香歩著

西の魔女が死んだ

学校に足が向かなくなった少女が、大好きな祖母から受けた魔女の手ほどき。何事も自分で決めるのが、魔女修行の肝心かなめで……。

辻村深月著

盲目的な恋と友情

まだ恋を知らない、大学生の蘭花と留利絵。やがて蘭花に最愛の人ができたとき、留利絵は。男女の、そして女友達の妄執を描く長編。

藤岡陽子著

手のひらの音符

45歳、独身、もうすぐ無職。人生の岐路に立ったとき、〈もう一度会いたい人〉を思い出した——。気づけば涙が止まらない長編小説。

早見和真著

あの夏の正解

2020年、新型コロナ感染拡大によりセンバツに続き夏の甲子園も中止。夢を奪われた球児と指導者は何を思い、どう行動したのか。

ハリネズミは月《つき》を見《み》上《あ》げる

新潮文庫　あ-65-4

令和五年五月一日発行

著者　あさのあつこ

発行者　佐藤隆信

発行所　株式会社新潮社

郵便番号　一六二—八七一一
東京都新宿区矢来町七一
電話　編集部(〇三)三二六六—五四四〇
　　　読者係(〇三)三二六六—五一一一
https://www.shinchosha.co.jp

価格はカバーに表示してあります。

乱丁・落丁本は、ご面倒ですが小社読者係宛ご送付ください。送料小社負担にてお取替えいたします。

印刷・錦明印刷株式会社　製本・錦明印刷株式会社

ISBN978-4-10-134034-0 C0193